우리 사랑
선이

IL JURB SON
*
Dear
MY SON
SUN

Ⓛ company

사랑하는 서고♡

엄마아빠의 편지 잘읽고

꼭 답장 바란다 !

아빠 정연제.

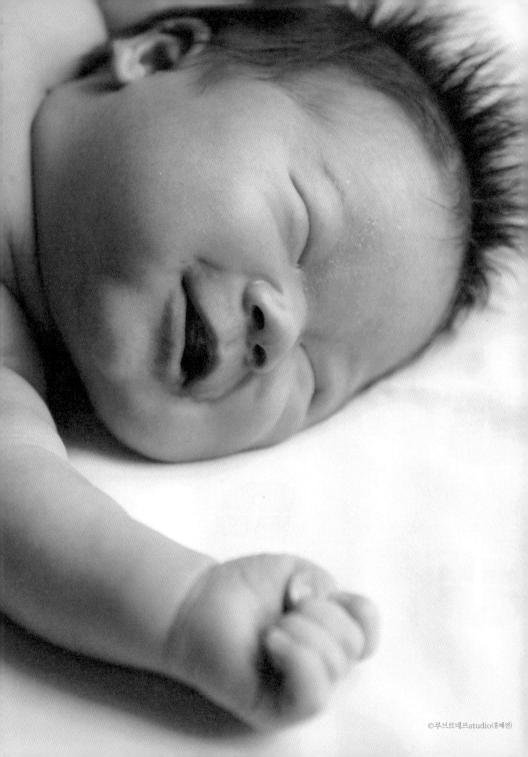

사랑하는 선이에게

강영호, 박영자 🌿 친할아버지, 할머니

선이가 태어나는 순간, 우리는 하늘에서 별을 딴 것처럼 기쁘고 행복하고 감사했단다. 너의 아빠 엄마가 우리나라 국민의 사랑을 듬뿍 받고 있는 가수로 뿌듯한 삶을 살고 있는 것처럼, 너 역시 강하고 씩씩하게 자라서 네가 꿈꾸는 멋진 인생을 펼쳐나가기를 바란다. 귀여운 보조개를 보이며 웃음 짓는 너를 보면서 할머니와 할아버지는 마음속으로 소원을 빌어본다. 소망과 기대 속에서 태어난 우리 선이, 태양 같은 큰 빛을 비추며, 아빠 엄마처럼 굳센 삶의 모습을 닮아주었으면.

김동일 🌿 외할아버지

우리 모두에게 행복과 웃음을 전해 주면서 세상에 나온 우리 귀한 손자 선이. 선이를 보면 외할아버지는 말할 수 없이 기쁘고 고맙다. 많은 이들의 축복 속에 태어났으니 모두가 바라는 만큼 훌륭하고 멋지게 성장해가는 너의 모습을 오래오래 지켜보고 싶구나. 사랑한다, 선이야. 세상에서 제일 행복하고 큰 사랑을 받는 우리 선이가 되렴.

최진열 ✿ 前 서태지와 아이들 매니저

너무도 아름다운 부부 강원래 김송 부부의 아들 선아! 너는 이 세상에 기적과 같은 행복을 전해 준 아이다. 부모님에 대한 감사와 세상을 사랑하고 베풀 줄 아는 따뜻한 마음을 가진 아이로 자랄 수 있기를 기도한다. 더불어 어떤 어려움이 있어도 너의 부모가 그랬던 것처럼 담대한 마음으로 세상을 헤쳐나가는 강한 아이가 되기를 바란다.

양창순 ✿ 고등학교 담임선생님

강선이 태어나던 날, 강원래 군이 득남했다는 전화를 걸더니 산모를 바꿔 줍니다. 선이 엄마는 내게 "선생님, 아기가 너무 예뻐요."라고 말하며 활짝 웃습니다. 나의 가슴이 봄 햇살처럼 따뜻하고 포근해졌습니다. 은총이 가득한 이 아기에게 신의 가호와 축복이 내리길 기도했습니다. 착하고 아름다운 부부에게 온 하늘의 선물이 건강하게 무럭무럭 자라는 걸 기쁘고 흐뭇한 마음으로 지켜보겠습니다. 강원래 김송 부부의 가정에 언제나 웃음이 넘치고, 사랑과 평화로 가득하기를!

윤태기 ✿ 강남 차병원 원장

온 세상의 간절한 기다림과 희망, 축복 속에 태어난 선아. 너는 아빠 엄마에게 선물이기도 하지만, 모든 사람들에게 희망을 알게 하고 위로가 되어 준 존재란다. 선이는 이렇게 컸으면 좋겠다. 오늘을 감사할 줄 아는 사람, 다른 사람에게 희망을 주고 위로가 되고 기쁨이 되는, 꼭 필요한 인재로 성장했으면. 그리고 아빠를 치료해 줄 수 있는 그런 훌륭한 의사가 되기를 기도한다.

프롤로그 □□□-□□□

사람이 태어나서 자신만의 성격을 갖게 되는 데 가장 큰 영향을 주는 것은 여러 가지 경험이라고 한다. 그 경험을 가장 많이 주고받는 사람은 아마도 아이와 부모일 것이다. 부모가 어떤 생각을 하고 어떻게 행동하며 어떤 말을 하는지가 아이의 성격 형성에 큰 역할을 한다고 믿는다. 지금의 나의 성격이 사람들과 다른 특징이 있다면 아마도 부모의 영향 때문일 것이다. 나는 언제 어디서 어떻게 태어났는지 자세히 몰랐다. 사실 그렇게 궁금하지도 않았다. 하지만 힘들게 아이를 갖게 된 이후에 궁금해져서 어머니께 여쭤 보았더니 나는 우리가 살던 포항의 조그만 집에서 어느 산파의 도움으로 태어났고, 어려서부터 많이 울었으며, 혼자 놀았다고 한다.

2014년 6월 11일에 태어난 너의 이름을 '선(宣)'이라고 지었다. 아내와 함께 갔던 태교여행 때 뜨거운 태양을 보면서 "SUN(태양)이 어떨까?" 하는 의견을 아내에게 말하니 아내는 "宣(베풀 선)이 좋겠다."라며 맞장구를 쳐주었다. 곰곰이 생각해 보니 아들(SON)이란 뜻도 되고, 태명이

宣:SUN:SON

었던 '선물'의 앞 글자도 되고 여러 뜻이 담겨 있는 것 같아 흡족한 마음에 '선'이라고 지었다. 그 중에서도 특히 '베푼다'는 뜻이 가장 우리 부부의 마음에 들었다.

이 세상 많은 부모는 "네가 제일 잘해야 해. 무조건 이겨라."라는 말로 자기 자식이 최고가 되길 바란다. 지면 혼내고 이기면 칭찬만 하니 어린 마음에 졌을 때의 상실감은 무척이나 클 것이다. 감히 단언하건대 우리 부부는 아이를 절대 그렇게 키우지는 않을 것이다. 아이가 힘든 상황이라면 지켜보며 응원할 것이고, 아이가 방황하고 어려워한다면 대화하며 기다려 주고 믿어 줄 것이다.

우리 선이는 '척'하지 말고, 겸손했으면 좋겠다. 엄마 아빠가 그랬듯이, 가수 뒤에서 열심히 춤추며 그 가수를 빛내 주었듯이, 항상 한 걸음 뒤에서 사람들의 말에 귀를 기울이고, 그들을 위해 든든한 배경이 되어 줄 수 있는 여유 있고 따뜻한 사람으로 자라 주었으면 좋겠다.

우리 부부는 선이가 나중에 이 책을 읽으며 엄마 아빠는 언제, 어디서, 무엇을, 어떻게 하며 자랐는지, 또 너는 어떻게 태어났는지 알았으면 하는 마음으로 이 책을 준비했다. 그리고 이 책을 선이와 함께 웃으며 읽을 그날을 기대해 본다.

목차 □□ - □□□

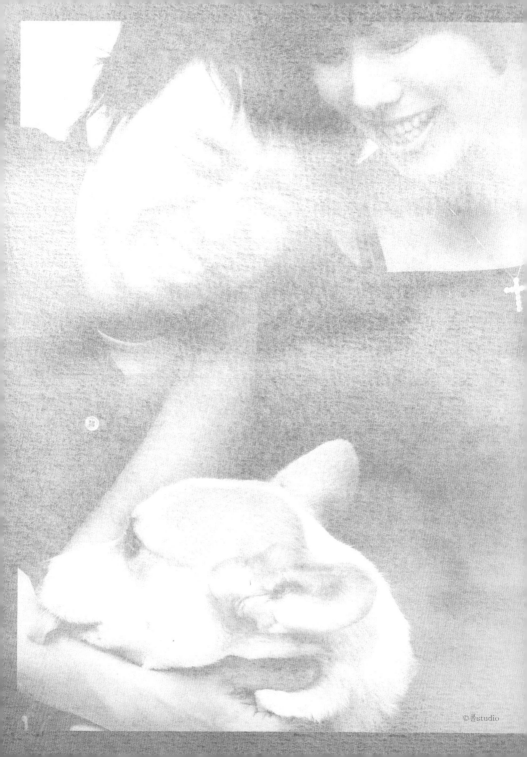
©番studio

1.

믿음과
소망과
사랑

아빠의 편지

활짝 웃는
모습을 보여줘

선물아.

아빠 주위에는 아빠를 보고 눈물을 흘리는 사람들이 많단다.

길거리에서 마주치는 아주머니들,
교회에서 아빠를 위해 기도해 주시는 분들,
아빠의 부모님,
날 사랑해 주는 사람들……
수많은 사람이 아빠를 위해 울고 있다.

솔직히 그들이 왜 아빠를 보고 우는지
자세한 이유는 알 수 없지만,
울고 있는 그들의 모습을 볼 때마다
아빠 마음도 아프다.

아빠 역시 힘들다.
내가 힘들어하면 힘들어할수록 그들의 눈물도 많아진단다.
그래서 아빠는 웃는다.
그런데 아빠가 아주 활짝 웃는 모습을 보여 줘도
그들은 마음속으로 우는 것 같구나.

엄마는 웃고, 아빠는 울고…
행복했던 결혼식

宜:SUN:SON

선물아.

엄마는 아빠와의 결혼식을 지금도 마치 어제 일처럼 생생하게 기억해. 그 당시 주변에서 많은 사람들이 결혼식을 올려야 하지 않느냐고 얘기를 했었어. 그래서 양가 가족들이 아빠가 다치고 난 후에 처음으로 상견례를 하게 됐단다. 그날, 그 자리에서 선물이 할아버지가 약주를 좀 드시고는 하신 말씀이 있었는데, 엄마는 아직도 그 말을 떠올리면 눈물부터 난다. 만약에 송이가 내 딸이었으면 다리몽둥이를 부러뜨려서라도 반대했을 거라는 말씀, 내 마음이 이런데 부족한 내 아들에게 와줘서 고맙다고, 딸을 줘서 정말 고맙다고……. 그 한마디에 정말 그동안 힘들었던 모든 일들이 눈 녹듯이 녹아버리더라. 할아버지의 진심이 느껴져서 엄마도 많이 울었어.

아빠는 엄마에게 "너는 몸만 오면 돼. 고맙다."라고 무뚝뚝하게 말했지만, 엄마는 알아. 그 안에 아빠가 하고 싶은 모든 말이 포함되어 있다는 것을. 아빠가 속도 깊고 정도 많지만, 표현을 잘 못하는 성격이거든.

선물아. 아빠는 결혼식 때 엄마가 100% 울 것 같다고 장담했었어. 하지만 엄마는 일생에 단 한 번 하는 결혼식인데 사람들이 다 축하해 주는 예쁜 결혼식을 하길 원했어. 우는 건 마음대로 조절할 수 없는 거니까 살짝 걱정은 했는데, 다행히도 엄마는 눈물을 한 방울도 안 흘렸단다. 틴틴파이브 오빠들이랑 록기 오빠, 준엽이 오빠가 결혼식 내내 얼마나 쉴 새 없이 웃기던지 웃기 바빠서 울 틈이 조금도 없더라. 오히려 엄마가 울 거라고 장담하던 아빠가 좀 많이 울었지 뭐야. 지금도 그날의 결혼식을 떠올리면 엄마는 쿡쿡 웃음이 난다. 그때도 지금처럼 참 행복했단다.

축가로 립싱크했던 친구들, 바로 틴틴타이브였단다.
구준엽이 혼자서 축가로 〈초련〉을 부르는 모습을 보니,
멋있기도 했지만 조금은 안쓰러웠다.

아빠의 편지

오르막과
내리막

©최장민

선문아.

휠체어는 아빠에게 오르막길, 내리막길을 알려 주었단다. 아빠가 휠체어를 타고 집을 나설 때 제일 힘든 코스는 우리 집 바로 앞에 있는 언덕길이었다. 아빠는 "왜 언덕길을 만들어서 날 이렇게까지 힘들게 할까?"라며 짜증을 내면서 몇 번은 다른 길로 돌아갔는데, 신기한 건 오르막길로 한두 번 지나다니다 보니 오르막일 땐 힘들었지만, 내리막일 땐 편하다는 것을 알게 되었다. 그러니까 힘들게 올라가면 쉽게 내려올 수 있는 거고, 쉽게 내려오면 힘들게 다시 올라가야 한다는 것을 알게 된 거지. 아빠는 이제 오르막길이 있으면 내리막길이 있고, 내리막이 있으면 오르막이 있다는 걸 몸으로 깨달아 알게 되었다. 그래서 요즘은 휠체어를 타고 가다 힘든 오르막길이 나와도 다른 길로 돌아가지 않고 그냥 낑낑대서라도 그 길로 가려고 한다. 왜냐면 돌아올 때는 그길로 편하게 내려올 수 있으니까.

그리고 휠체어는 좋은 길을 찾는 법도 알려 주었단다. 휠체어를 타다 보면 먼저 길을 잘 살펴보고 좋은 길로 가게 되는데, 작은 턱이나 돌부리에도 휠체어가 갑자기 멈춰 서는 경우가 생기고, 그렇게 되면 몸이 앞으로 쏠려 중심을 못 잡아 휠체어 밑으로 굴러 떨어진 적이 많아서야. 넘어져서 아픈 것보다는 길거리 사람들에게 축 늘어진 아빠의 다리와 몸을 보이고 싶지 않아서지. 그래서 그런 모습을 보이지 않으려고 항상 길을 먼저 살피고 가는 버릇이 생겼다. 그러다 보니 좋은 길로만 가게 되어 넘어지거나 휠체어가 더러워지는 경우가 많이 없어졌구나.

선물아. 세상을 살아갈 때는 (꼭 그래야 할 필요는 없지만) 먼저 갈 길을 생각하고, 잘 판단해서 좋은 길로 가고, 그 길이 오르막이라 힘들다 느껴지더라도 언젠가는 편안한 내리막길로 바뀐다는 믿음을 가지고 산다면, 인생은 그리 힘들지 않을 거라는 생각이 들어. 또 지금 가고 있는 길이 편안한 내리막일지라도 언젠가는 힘든 오르막길을 만날 거라는 생각을 한다면, 현재에 자만하지 않고 미래를 위한 설계를 더 탄탄하게 할 수 있지 않을까?

휠체어가 장애인의 상징이라고, 재수 없는 물건이라는 편견도 있지만, 아빠에게 있어서는 휠체어는 아빠가 힘들어서 움직이지도 못할 때 움직이게 해 주었고, 답답했던 병원생활에서 병원 밖으로 나가 맑은 공기를 마시게 해 주었고, 주변 사람들 눈치 보느라 울지 못했던 나에게 밤하늘을 바라보면서 눈물 흘리게 해 주었고, 높은 곳보다 낮은 곳을 많이 보게 해 주었고, 좋은 친구들과 좋은 세상을 다시 만나게 해 주었단다. 친구이자 다리와도 같은 휠체어가 앞으로 아빠에게 또 무엇을 해 줄지는 모르지만, 지금까지 아빠를 도와준 것만 해도 정말 고맙다고 생각한다. 그리고 앞으로도 열심히 살려고 노력하는 아빠를 도와줄 거야. 아빠는 세상사는 게 "힘들다."라고 투정하는 친구들에게 한번 권하고 싶다.

"휠체어 한번 타보실래요? 좋은 길을 만나게 될 겁니다." 이런 말과 함께.

선물아.

아빠는 2005년, 클론 5집 〈내 사랑 송이〉로 다시 무대에 올랐다. 물론 아빠 혼자 힘으로는 불가능한 일이었지. 어디서부터 뭘 어떻게 해야 할지 몰랐으니까. 하지만 힘든 가운데도 부모님과 형제들, 선물이 엄마가 아빠를 항상 지켜 줬고, 친구들이 응원해 줬기에 아빠가 다시 무대 위로 복귀할 수 있었단다. 또 많은 장애인분들이 아빠에게 휠체어 타는 법과 세상을 긍정적인 마음으로 사는 방법을 알려 주었기에 지금의 아빠가 있는 거라 생각한다.

아빠는 〈내 사랑 송이〉를 발표하기 전에 휠체어 댄스를 추기 위해 몇 군데 휠체어 업체에 연락을 했었다. 그중에 긍정적인 답변을 준 업체에 찾아가 상담을 했는데, 휠체어가 상당히 고가(대당 4~500만 원)임에도 6대를 무상으로 갖고 가라고 하기에 6개월간 방송과 공연할 때만 타고 다시 돌려주겠다고 말했다. 하지만 이왕 타는 거 그냥 계속해서 타라고 해서 1년을 탔는데, 무상으로 탄 게 아빠는 너무 미안했다. 그래서 우리가 휠체어 타고 공연하는 모습이나 무대 아래에서 타고 있는 모습을 사진으로 찍어서 '상업적 카탈로그'라도 만들자고 하니까 그것마저도 정중히 거절하시더라. 지금도 우린 공연할 때 그 휠체어를 타고 있고, 수리할 부분이 있으면 그곳에서 무상 수리를 받고 있어. 그동안 한 번도 고맙다는 말을 못하고 있었는데, 오늘은 꼭 고맙다는 말을 전해드리고 싶구나.

"휠체어를 빌려 주신, 아니 그냥 주신 여러분 덕분에 우리끼리 생각일
지는 모르겠지만 휠체어에 대한 이미지, 휠체어 장애인에 대한 이미지
가 예전보단 조금은 나아지지 않았나 싶습니다. 주신 분의 마음을 알기
에 저희도 더욱 열심히 탈 것이고, 또 자주 보이도록 노력할게요. 정말
고맙습니다."

🌿 어린 시절, 아빠의 꿈은

선문아.

할아버지께서는 그 옛날에 그물 공장을 하셨다. 그리고 평소에는 엄격하셨지만, 때로는 분위기 메이커셨어. 할머니는 피아노를 전공하셨기에 우리들에게 늘 멋진 피아노 연주를 들려주셨지.

어린 시절의 아빠를 떠올려 보면 꿈을 갖고 뭔가 해야겠다는 생각까진 없었고, 할아버지께서 아빠에게 "너는 커서 뭐가 될 거니?"라고 물으시면 "만물박사가 될 거예요."라고 대답했던 기억이 난다. 학창 시절에는 학교 공부를 싫어해서 수업시간에 낙서나 편지 쓰기를 많이 했다. 아빠가 솔직히 공부는 싫어했지만, 그림은 이래 봬도 장학금 받고 대학에 합격할 정도였다. 형을 흉내 내서 그림을 몇 번 그려 보다가 재능이 있다는 걸 알아챘지.

아빠가 춤에 관심을 갖게 된 건 초등학교 때, 81년 MBC 대학가요제에서 〈아이노 코리다〉라는 노래에 맞춰 '유시디시'란 팀이 팔을 머리 옆에서 허리로 내리는 허슬이란 춤을 추는 걸 본 이후다. 그걸 본 형이 어떻게 하는지 방법을 알려 줬고, 아빠는 그때부터 춤을 따라 추면서 롤러장을 다니곤 했다. 그 후 마이클잭슨의 브레이크 댄스와 토끼 춤에 관심을 갖게 되었어.

宣:SUN:SON

클론이란 이름으로 대한민국 최고의 춤꾼으로 한창 활동하고 있을 때 할아버지께서 "그때 미국에 보내달라고 할 때 보내 줄 걸 그랬다." 하시기에 "네? 제가 언제 미국에 보내달라고 했었나요?" 여쭤 보니 "네가 흑인들한테 춤 배우러 간다고 해서 '너 미쳤구나? 공부나 해라, 이놈아.' 하며 거절했는데 기억 안 나니?" 하셨다. 가만히 생각해 보니 어렴풋이 기억이 나는 것도 같다. 아빠는 까마득히 잊고 있던 일이었는데 할아버지는 아빠가 어른이 된 후에도 어린 시절의 아빠 모습, 말투를 하나하나 기억하고 계신 것 같더라.

이다음에 아빠도 선물이 너를 그렇게 기억할까?

아빠의 ✍ 편지

꿈을 이루는
방법

선물아.

네가 "아빠는 꿈이 무엇이었어요? 아빠는 꿈을 이뤘나요?"라고 묻는다면, 나는 너에게 뭐라고 얘기해 줄까? 아빠는 행복한 사람이다. 왜냐면 많은 꿈을 이뤘기 때문이지. 하지만 그 꿈은 혼자 이룬 꿈이 아니라 항상 주변의 도움으로 이룰 수 있었던 꿈이었다.

성적이 안 됐지만, 인문계 고등학교에 들어간 것도 아빠에게 시험지 답안을 보여 준 이름 모를 같은 학교 학생 덕분이었고, 미술대학교에 실기 장학생으로 입학한 것도 친형의 도움이 있었고, 연예인으로 데뷔했던 와와, 클론도 당시 함께 춤을 췄던 동료들과 친구 준엽이의 도움이 있었기에 가능했다. 그리고 사랑이란 꿈을 이룬 것도, 선물이를 만날 기대를 하게 된 것도 전부 선물이 엄마 덕분이다. 아빠는 앞으로도 많은 꿈을 친구들과 함께 이뤄갈 거다.

"해낼 거야. 반드시 이룰 거야."라며 혼자만의 고집으로 죽기 살기로 덤벼들기보다는 친구들과 또 동료들, 사랑하는 사람들과 함께 뭔가를 이뤄가는 일은 참 뜻 깊은 것 같다. "해냈다. 해내서 기쁘다" 또는 "힘들었지만 잘 안됐다. 그래도 다시 또 해보자." 이런 결심이 느껴진다면, 아빠는 그게 바로 꿈을 이룬 거라고 생각한다. 우리 선물이도 그렇게 꿈을 이뤄가는 사람이 되길 아빠 엄마는 바란단다.

아빠의 편지

아빠의 학창 시절

선물아.

행복한 삶이란 어떤 걸까?

보통의 부모님들은 우리 아이들이 바른 길로 가길 원하시잖아. 그렇다면 우리가 생각하는 바른 길은 어떤 길일까? 초등학교, 중학교, 고등학교 다니는 동안 공부 열심히 해서 좋은 대학에 가고, 군대 잘 갔다 오고, 시집·장가를 잘 가든지 아니면 취직 잘해서 대기업 대리부터 과장, 부장 그리고 이사가 되는 것 그리고 나이 들어서 편안한 노후를 누리는 이걸 바라시겠지? 그렇게들 살려고 모두 노력하며 살고 있는데 그게 과연 제일 행복한 삶일까?

솔직히 말하자면 아빠는 그런 식의 바른 길로 가지 않았다. 아빠는 초등학교 6학년 때 담배를 처음 피워 봤단다. 물론 지금은 안 피운다. 담배 끊은 지 15년 됐거든. 이런 얘기하기 뭣하지만, 초등학교 6학년 때 여자도 알았다. 중학교 때부터는 도둑질도 했는데, 친구들에게 돈을 뺏고, 신발을 뺏고, 옷을 뺏고, 가방을 뺏고…… 남들 보기에 강해 보이고 싶었던 것 같다.

아빠는 초등학교 3학년 때 서울로 전학을 왔는데 아빠가 책을 읽으면 애들이 웃었다. "오늘은 경상남도 창원에 와가~" 이러니까 애들이 막 웃어. "와하하하~ 저 놈 사투리 쓰는 것 봐. 하하하. 촌놈이다, 촌놈!" 그렇게 애들이 아빠를 촌놈이라고 놀렸단다. 그리고 국어시간이 되면 선생님이 "책 읽어봐. 야, 여기 경상남도 포항에서 온 친구가 있는데 저런 게 바로 사투리란다. 한번 일어나봐라." 하셨고, 애들은 아빠를 막 놀려댔지. 그래서 애들이 "야! 말해봐." 그럴 때면 말보다 주먹이 먼저 나가기 일쑤였다. 촌놈이란 닉네임을 너무나 떼고 싶었다. 그래서 서울말도 많이 쓰고, 좀 앞서 가는 척 옷도 잘 입어 보려고 하고, 동네 개들을 매일 발로 걷어차면서 다녔지. 하지만 아빠가 개를 키워보니까 개 때리는 사람들은 정말 악한 사람들이라는 생각이 든다. 아빠가 중학교 땐 개를 왜 그렇게 때렸는지 모르겠다. 나보다 약하니까 때렸을까? 나한테 강한 사람한테는 아무 말도 못하면서.

중학교 2학년 때는 도둑질을 하다 걸린 적이 있었어. 옷을 훔쳤거든. 사실 아이들에게 옷을 뺏는 것보다는 정당하게 돈을 주고 사자는 생각에 학교 매점도 털었다가 걸려서 무기정학을 처음 당해 보기도 했다. 그런데도 고등학교는 인문계로 갈 수 있었어. 당시에는 200점 만점에 140점 이상 맞아야 인문계를 갔고, 떨어지면 상업계나 전수학교를 가야 했지. 시험 보는 당일 날 한 4개 학교 학생이 같이 시험을 봤다. 시험보기 전에 앞에 있는 학생을 화장실로 불러내서 혹시 공부 잘하느냐고 물어봤지. 그랬더니 그 학생이 "뭐, 적당히 합니다." 그러기에 "그러면 답안지 좀 보여 주실래요? 제가 아무래도 고등학교 떨어질 거 같은데." 그랬더니, "예, 그렇게 하죠." 그러더라. 아빠는 절대 때리지 않았다. 그냥 말만 했는데, 그 학생은 그러겠다고 했다. 아빠는 그렇게 해서 인문계 고등학교를 가게 됐고, 우리 동네에 있는 경기고등학교에 입학하게 되었어.

아빠가 고등학교에 가서 좀 정신을 차리나 했는데, 아빠보다 더 이상한 아이를 만나게 됐다. 뒷장의 사진에 보면 하늘색 트레이닝복을 입은 사람이 아빠야. 다리 되게 길지? 포토샵 같지? 옆에 있는 친구 보면 다리가……. 이 친구가 바로 고등학교 1학년 때, 84년도에 만난 DJ Koo, 아빠 친구 구준엽 아저씨다. 머리가 기니까 못 알아보려나? 아, 선물이는 아직 본 적이 없지? 저 때가 열다섯 살 때인 것 같다. 아까도 말했지만, 아빠는 촌놈이라는 손가락질을 받는 콤플렉스가 있었어. 그런 마음의 상처가 있었던 나와 달리 준엽이 아저씨는 부모님이 이혼을 하셨다는 상처가 있었다. 그때 새엄마한테 잘하고 싶었는데 그러면 사랑하는 친엄마를 배신하는 그런 느낌이었나 봐. 그래서 아버지와도 자주 다퉜다고 했다. 아빠 같으면 맞받아쳤을 텐데, 준엽인 그냥 맞기만 했던 그런 어린 시절이 있었다고 했지. 말썽꾸러기에다 상처 많은 두 놈이 만났으니 얼마나 잘 놀았겠니? 아빠가 준엽이 아저씨한테 담배도 가르쳐 주고, 술도 가르쳐 주고, 여자도 많은 조언을 해 주었다. 준엽이 아저씨도 아빠에게 그림도 가르쳐 주고 춤도 가르쳐 주었어.

선물아. 아빠가 활동하는 클론이라는 말이 지닌 뜻은 "동일한 염색체와 유전자를 지닌 복제인간"이란 뜻이다. 겉모습은 다르지만, 준엽이 아저씨랑 아빠는 공통된 부분이 많이 있었어. 그래서 그 친구가 여자 친구를 만날 때도 아빠가 옆에서 이렇게 해, 저렇게 해 코치도 해 주고 그랬단다. 둘이서 아주 잘 놀았지.

너도 벌써 눈치 챘겠지만, 사실 아빠는 학창 시절에 공부 잘한다는 얘기는 한 번도 들어본 적이 없다. 그리고 성격 좋다는 얘기도 못 들어봤고, 인간성 좋다는 얘기도, 착하다는 말은 전혀 못 들어봤지만, 딱 하나, 바로 춤! 춤하고 그림 하나만큼은 우리 반 최고라는 칭찬을 많이 들었단다. 그러다 보니까 아빠는 더 신이 나서 춤추고, 그림을 그렸던 것 같구나. 그래도 준엽이 아저씨와 아빠는 늘 말썽꾸러기였다.

그런데 이런 아빠와 준엽이 아저씨를 바른 길로 인도하신 분이 계셨으니, 그분이 바로 고등학교 3학년 때 담임선생님 양창순 선생님이셔. 최근에 아빠가 SNS를 통해서 다시 연락해서 만나 뵙게 됐는데, 선생님을 찾은 학생은 여태껏 아빠밖에 없었다고 하셨다. 담임선생님이 아빠 손을 딱 잡더니 하시는 말씀이 뭔 줄 아니? "어떤 새끼가 효자가 될지는 모른다."였다. 우리 반에서 꼴등했던 놈이, 졸업식 때도 선생님한테 따귀 맞았던 이 아빠만 선생님을 찾았던 거야. 그래서 아빠는 그날 선생님께 꽃다발 선물까지 받고 그랬단다. 당시 선생님께서 어떤 말로 아빠를 바른 길로 인도해 주셨느냐 하면,

"공부해라. 국영수 중심으로 열심히 공부해서 대학가라." 그런 얘기보다는,
"원래야. 너 잘하는 게 뭐냐?"
"저요?"
"네가 잘하는 건 그림 그리고, 춤추는 거야, 이 날라리. 그래 날라리가

"고등학교 시절 소풍 때(서초구 내곡동 헌인릉)"

"92년 3군사령부 군악대 선봉예술단 시절"

적성에 맞으면 그걸로 먹고살아라. 대신 모든 사람이 인정하는 멋진 날라리가 되어라. 그게 제일 행복한 삶이다. 내가 할 줄 아는 거 하면서 박수 받고 돈 벌고 재밌게 사는 거, 그게 제일 행복한 삶이다."

이렇게 얘기해 주셨단다. 우리 반에서 꼴등하는 아빠에게 진심어린 충고를 해 주신 거야. 아빠는 대학교 모의고사 볼 때도 세 과목이 빵점 처리됐다. 침 흘리고 그냥 자버렸거든. 그렇게 세 과목을 빵점 맞아가지고 꼴등했던 아빠와 우리 학교에서 전교 1등은 뭐가 다를까? 그 친구는 지금 뭘 하고 있을까? 글쎄, 그 친구와 아빠는 별다른 게 없는 것 같아. 1등하고 꼴등하고 살아 보니 별 차이는 없더라고.

어쨌든 아빠는 담임선생님의 좋은 말씀 덕에 힘을 얻었고, 준엽이 아저씨하고 1년 동안 그림 공부만 열심히 했다. 초등학교 때부터 열심히 그림 그린 친구들도 많았지만, 우리는 딱 1년밖에 미술 공부를 안 했어. 그런데도 준엽이 아저씨는 경남대학교에, 아빠는 강릉대학교에 실기장학생으로 입학을 하게 됐다. 이게 아빠가 이룬 첫 번째 꿈이었다. 물론 대학을 가야겠다, 뭘 해야겠다 그런 것보다는 내가 제일 잘하는 건 누구한테 지지 말아야지라는 그런 자존심으로 열심히 했고, 장학금까지 받고 대학을 갈 수 있었던 거야.

그런데 막상 대학에 가니까 그저 그렇더라, 재미도 없고. 아빠는 당시 매일 아르바이트를 해서 돈을 벌어야 했던 상황이었다. 할아버지가 하숙비 외에는 한 푼도 안 주셨거든. 그래서 아빠는 연탄 배달도 하고, 신문 배달도 하고 그랬다. 그래야 아빠가 좋아하는 춤을 출 수 있었어. 최고의 춤꾼이 되고 싶었던 아빠에게 그 정도 일은 아무것도 아니었다.

아빠는 선물이에게도 그런 자립심을 키워 주고 싶다. 그리고 선물이도 아빠처럼 뭔가를 열정적으로 좋아하고, 그렇게 좋아하는 일을 위해서라면 몸이 힘든 일쯤은 얼마든지 감수할 수 있는 사람이 되기를 바란다. 그래야 아빠 자식이지!

엄마의 🌼 편지

엄마가
아주 어렸을 때

93년 팡께걸

선물아.

선물이 외할머니는 줄줄이 소시지처럼 연년생으로 4남매를 낳으셨단다. 엄마는 이란성 쌍둥이로(5분 차이) 태어났어. 성별이 다르고 외모도 다르지만, 삼촌과 엄마는 비슷한 성격이고, 아플 때도 항상 같이 아팠던 게 신기했어. 어릴 때는 결핵도 같이 앓았고, 허리 디스크도 같이 앓았지.

4남매 중에서도 우리 쌍둥이는 참 각별한 사이였단다. 물론 지금도 마찬가지고. 엄마는 삼촌을 생각하면 애잔한 마음이 들어. 언니나 오빠보다 더 잘해 주고 챙겨 주고픈 마음이 어릴 때나 지금이나 똑같은 것 같아. 하지만 싸우기도 많이 싸웠지. 서로 마주보고 서서 처음엔 한 대씩 툭툭 장난으로 때리다가 나중에는 엉엉 울면서 진짜 두 손 두 발을 휘저으며 싸우는 바람에 할머니한테 맴매도 많이 맞았단다. 다 재미있는 추억이야.

어릴 땐 엄마가 삼촌한테 자주 속곤 했었어. 그때는 백 원도 귀했을 때인데, 백 원이나 초코과자를 주면 나한테 "누나~"라고 부르겠다는 거야. 엄마는 삼촌에게 그 말이 너무 듣고 싶어서 원하는 것을 주고 나면, "누나~ 누나~" 하다가 저만치 가서는 "야! 송이 바보!" 놀리면서 백 원과 초코 과자를 모두 빼앗아 도망가는 개구쟁이었어. 엄마는 매번 속아 울면서도 왜 그때마다 계속 속았는지…… 지금 생각해 보면 웃음이 절로 나온단다.

엄마는 어릴 때 겁이 많아서 항상 할머니 옆에 딱 붙어 있었어. 마치 껌 딱지처럼. 엄마 어릴 때는 외할머니가 힘들게 사는 모습이 왜 그리 가여웠는지……. 엄마는 입버릇처럼 "엄마가 가여워요."라며 부엌일과 청소를 많이 도와드렸어. 엄마가 초등학교 저학년 때도 "엄마, 제가 할게요." 하면서 4명의 보온 도시락 통을 혼자서 설거지했던 기억이 아직도 나는구나.

그리고 엄마는 궁금한 것도 많았어. 그래서 항상 할머니께 여쭤 봤는데, 할머니는 단 한 번도 귀찮아하신 적이 없으셨단다. 엄마의 질문에 할머니는 너무나 친절하고 쉽게 "눈꽃송이야, 이건 말이야." 하며 얘기해 주셨어. 할머니는 엄마를 눈꽃송이라고 부르셨는데, 너무 예쁘지? 엄마는 할머니께 묻고 또 물었는데도 그때마다 다정하고 따뜻한 목소리로 대답해 주셨단다. 엄마의 엄마가 그랬듯이 엄마도 선물이에게 다정하고 따뜻한 엄마가 되고 싶구나.

옛날에는 참 힘들고 어렵게 살았지만, 엄마는 할머니께 양보하는 법을 배우며 자랐단다. 그래도 워낙 어렸을 때라 양보하고 배려하고 기다리는 훈련이 잘 되지 않았던 것 같아. 쇠고기가 귀했던 시절이었기에 신문지에 돌돌 말아 포장된 쇠고기를 1년에 두어 번 특별한 날에만 먹었는데, 할머니가 불고기를 해 주실 때마다 우리 4남매는 서로 많이 먹겠다고 젓가락 전쟁을 하다가 할머니에게 혼이 나기도 했지.

선물아. 엄마는 어릴 때부터 혼혈아라는 소리를 들었는데, 엄마는 왜 그 소리가 그렇게 좋았을까? 어렴풋이 어릴 때 꿈이 "나중에 어른이 되면 외국 사람이랑 결혼해야지." 했었던 때도 있었단다. 또 눈물이 많아서 언니 오빠들이 엄마를 툭 하면 울리고는 놀려대기 일쑤였지. 지금도 눈물이 많아서 싫은 부분도 많지만…… 그래도 눈물이 없어서 메마른 감정보다는 훨씬 낫지 않니? 그래서 엄마는 우리 선물이도 감정을 어느 정도는 표현할 줄 아는 아이로 자라주길 바란다. 감정 표현이 서툴면 인간관계에 있어서 오해하고 싸우게 되는 부분들이 많더라. 절제도 필요하지만, 어느 정도의 표현을 통해 이타적으로 소통하게 될 때 관계도 좋게 회복될 거야.

춤과 그림이 전부였던 아빠

선물아.

아빠가 지금 댄스 학원을 하고 있는데, 학원생들에게 "야, 너 실력 좋은데 오디션 한번 볼래?" 이런 질문을 자주 던진다. 그러면 대부분의 학원생들이 "YG 아니면 안 가요." 그러더라. 그래서 그럼 그냥 그렇게 살라고 그랬지, 뭐. 너무 까칠한 거 아니냐고? "유명한 기획사에 들어가는 것보다는 네가 할 줄 아는 거 하면서 박수 받고 돈 벌고 재밌게 사는 거 그게 제일 행복한 삶이다." 아빠의 선생님처럼 이렇게 누군가에게 충고해 주려면 아빠에게는 좀 더 시간이 필요할 것 같다.

아빠는 대학을 다니면서도 준엽이 아저씨하고 방학 때마다 만나서 신나게 춤추며 놀았다. 그때 당시 디스코 경연대회가 굉장히 유행했는데, 강남역이나 서울의 기라성 같은 나이트클럽에 나가면 우리는 항상 1등을 했다. 우리가 따로 나가면 아빠가 1등, 준엽이 아저씨가 2등 또는 아저씨가 1등, 아빠가 2등. 그리고 둘이 같이 나가면 우리가 또 1등.

한 번은 굉장한 프로들이 나오는 큰 대회가 있었어. 그 대회에는 양현석과 이주노, 대한민국에서 내로라하는 춤꾼으로 손꼽히는 미애와 유영진도 있었는데, 선물이는 잘 모르겠지만, '철이와 미애'의 멤버였던 그 미애 누나다. 그리고 유영진은 지금도 SM에서 최고의 아이돌로 불리는 슈퍼주니어 등의 음악도 만들고 그 밖에 유명 가수들의 음악을 만들고 있다면 더욱 귀가 솔깃하겠지? 나중에 서태지와 아이들의 멤버가 된 양현석과 이주노 역시 최고의 댄서로 불릴 만큼 실력파들이었어. 그런데 어떻게 우리가 1등을 했냐고? 솔직히 말하면 우리가 춤을 잘 춰서 1등을 받은 건 아니었다. 운이 좋았다고나 할까? 양현석과 이주노는 프로처럼 춤을 너무 잘 췄고, 미애와 유영진은 이미 방송국 무용단으로 활동한 경력이 있었기 때문에 그들을 배제하고 우리에게 1등을 준 것 같아. 조금 어설펐지만 우리의 신선함이 통했다는 생각도 든다.

그때 심사위원으로 오셨던 분이 바로 이수만, 김창완, 나중에 서태지와 아이들 매니저가 된 최진열도 있었는데, 당시 함께 있던 현진영의 매니저가 우리한테 "가수 한번 해볼래?" 하면서 관심을 보이는 거야. "뭐하는 사람들이냐? 미국 사람들이야? 그 춤 어디서 배웠어?" 하면서 막 물어보기에 "우린 한국 사람이고, 이 친구는 경남대, 저는 강릉대 미술 대학생이고, 우린 장학생입니다." 아빠가 막 자랑을 하니까 이수만 아저씨가 "어~ 자식들. 공부도 잘하는데, 춤도 잘 추네? 가수 한번 해볼래?" 하셨다. 이렇게 해서 다음 날 SM에 가서 도장을 딱 찍었지. 생각해봐. 길을 걷고 있는데, 이수만 아저씨가 나타나서 "가수해 볼래?" 그러면 대부분의 사람이 뭐라고 그럴까? 아마 "네."는 아니고, "진짜요?" 그러겠지? 가수. 화려하고, 행복하고, 예쁜 여자들, 잘생긴 남자들, 항

宣:SUN:SON

상 주변에 좋은 차와 집이 있을 것 같으니 당연히 ok하겠지?

선물아. 그래서 우린 '현진영과 와와'라는 팀으로 SM의 첫 번째 가수로 데뷔를 했다. 연예인이 된 거지. 이게 바로 아빠가 이룬 두 번째 꿈이었다. 이건 아빠가 이루려고 한 게 아니었어. 놀 때는 제일 잘 놀고 싶었고, 특히 구준엽이라는 라이벌을 만나다 보니 (솔직히 준엽이 아저씨는 아빠보다 인기가 많았단다. 완전 난리가 났지. 공연을 하거나 나이트클럽에 갔을 때도 아빠는 별로 박수도 안 쳐주는데, 아저씨는 춤추고 나서 딱 앉아 있으면 옆에 아가씨들이 몰려들었어. 아빠는 그 옆에 가만히 앉아 있어도 뭐랄까, 그냥 존재감이 없는 거야. 그러다 보니까 더 열심히 춤을 추려고 했고, 그 음악에 더 튀어 보이려고 했지. 그래서 아빠가 아주 조금 더 준엽이보다 실력이 낮다고 스스로 인정하고 있는데…… 모르지, 뭐.)

아무튼 그렇게 해서 가수로 데뷔를 하게 됐다. 가수가 되고 연예인이 되고 나니까 소방차, 박남정, 김완선 그런 사람들이 아빠 앞에서 획획 왔다 갔다 하고, 심지어는 옷도 막 갈아입는 거야. 처음엔 그런 모습이 엄청 신기했다.

요즘도 순위 프로그램 있지? 뮤직뱅크라든가 그런 프로들. 요즘은 엑소, 빅스, 이런 친구들이 1위도 하고 인기도 많은데, 우리 때도 순위 프로그램이 있었단다. 큐시트에 첫 번째 가수 누가 나오고, 두 번째 가수 누가 나오고, MC가 나오고, 신곡 발표나 컴백 무대, 그리고 마지막에 1

위를 발표하는 순서였다. 1위 누구라고 다 써 있어. 그런데도 "자~ 이번 주 1위!" 그러면 두구두구 그런다. 솔직히 그만큼 떨리기는 해.

그 당시 에피소드를 하나 얘기하자면, 그때 1위를 받았던 발라드 가수가 첫 곡을 부르고 가려고 했다. 그때는 휴대폰도 없던 시절이라서 연락도 안 되니까 행사에 늦지 않으려면 빨리 가야한다는 게 이유였지. 그런데 그 1위 가수를 PD가 붙잡았다. 끝까지 남아서 계속 얼굴 비춰야지 방송 시청률이 올라간다는 이유로 말이야. 여기서 빼버리면 시청자들이 TV를 끄니까. 하지만 그 가수는 매니저하고 같이 1위를 빨리 차지하면 음반 판매가 떨어지니까 좀 더 늦게 해달라고 부탁을 하는 거야. 그러자 예능 국장이 내려와서 "5주 1위 줄게."라고 약속을 하는 바람에 끝까지 남아서 1위를 받기로 했지. 그리고 맨 마지막 1위 발표가 시작됐어.

"자~ 이번 주 1위는 누굴까요? 최고의 댄스냐, 최고의 발라드냐. 누굴까요, 누굴까요."

사실 우리는 이미 알고 있잖아. 그래서 '저 사람이 1위를 하면 꽃다발 갖다 주고 우리 얼굴 조금 더 비춰야지.' 이런 생각을 하고 있는데, "1위는 누구!" 하니까 그 1위 받는 가수가 갑자기 "어! 나야? 진짜? 아니야, 거짓말하지 마." 이러면서 울고불고 난리가 난 거야.

그때 아빠는 '아, 연기 잘하네?' 하는 생각이 들더라. 그때 느꼈지. 1등이라는 건 노래뿐 아니라 잘하는 것들이 많아야 하는 거구나. 물론 지금의 순위 프로그램은 많이 달라졌고, 1위를 해도 안 그런 사람도 있지만, 그때는 그랬단다. 감정에 솔직한 것도 좋지만, 연예인이 되려면 감정을 감추는 방법도 필요하다는 생각을 그때 처음 해 봤다. 공인이라면 내가 살고 싶은 나보다는 그들이 원하는 나로 살아야 한다는 생각도 든다. 하지만 뭐든지 지나친 건 안 좋겠지? 요즘엔 솔직함이 대세이기도 하니까 이다음에 선물이는 자신의 감정 표현에 솔직하되, 솔직하다는 핑계로 거만하지 않고, 배려심도 있는 사람이 되었으면 좋겠다.

시인과 연예인을
꿈꾸었던 엄마

선물아.

외할머니는 시를 무척이나 잘 쓰셨단다. 웬만한 프로시인보다 더. 그래서 엄마도 시인이 되는 게 꿈이었어. 햇살이 비치는 마루에서 할머니의 무릎을 베개 삼아 누워 시를 읊으면, 할머니는 너무 잘 썼다며 칭찬을 아끼지 않으셨고, 엄마는 칭찬받는 게 너무 좋아서 재빨리 방으로 쪼르르 들어가 또 짧은 시를 지어서 할머니께 보여 드리곤 했단다. 그러면 할머니는 어김없이 또 칭찬을 해 주셨어. 엄마는 그때가 무척 그립다.

중학생이 되어서 엄마의 꿈은 시인에서 연예인으로 바뀌게 되었어. 엄마가 어릴 때는 AFKN 라디오 방송에서 '아메리칸 TOP 40'라는 음악을 들을 수 있었는데 그때는 팝송이 너무 좋아서 직접 녹음을 해 여러 번 들으면서 모르는 영어는 엉터리 한글로 써서 외우곤 했단다. 나중에 보니 발음도 다 틀렸다는 걸 알고 피식 웃었지만, 엄마는 그때가 참 행복한 기억으로 남아 있어. 춤이 너무 좋았던 엄마는 팝송을 따라 부르면서 거울을 보고 춤 연습을 했고, 학교 소풍 때나 장기자랑 시간 때면 항상 앞으로 불려나가 친구들 앞에서 춤을 췄단다. 친구들이나 선생님이 박수를 쳐주면 너무 좋아서 더 신이 나서 췄었지. 그래서 엄마 주위에는 놀기 좋아하는 일명 '날라리' 친구들이 항상 같이 다녔고, 학교에서 저절로 눈에 띄는 학생이 되었어.

창피할 수도 있겠지만, 엄마도 아빠처럼 공부에는 관심이 없었어. 특히 수학시간에는 외계어를 보는 듯한 이상한 공식에 질려 아예 손을 놓았단다. "더하기, 빼기, 곱하기, 나누기만 하면 되지. 이런 게 다 무슨 필요가 있어?" 하면서 합리화했지. 엄마는 어른이 된 후 가끔 악몽을 꾸는데 그 악몽은 시험 보는 꿈, 문제 못 풀어서 끙끙대는 꿈이야. 학생 때 공부를 안 한 것을 후회하지는 않는다고 말하지만, 어쩌면 엄마의 마음속에는 아쉬움과 약간의 후회가 항상 숨어 있는 것일지도 모르겠다. 우리 선물이는 엄마의 어리석은 전철을 밟지 않길 바랄 뿐이야. 학생 때 후회 없이 열정을 다해서 공부든, 운동이든, 특기든 열심히 하는 아이가 되었으면 좋겠구나.

군대에서 얻은 것 세 가지

선물아.

아빠는 준엽이 아저씨와 '현진영과 와와'로 1년 동안 활동을 하다가 바로 현역으로 같이 군대를 가게 됐어. 아빠를 강하게 키우셨던 할아버지는 아빠가 군대 가던 날에도 안방에 누우신 채로 텔레비전(아침뉴스)을 보시면서 "잘 갔다 와!" 하셨고, 할머니는 군대 가는 아들이 안쓰러우셨는지, 아니면 맘이 아프셨는지 현관 앞까지 나오셔서 "딴 데로 새지 말고 군대로 바로 가라." 한마디만 하셨다.

이게 군대 시절 아빠의 모습이야. 아빠는 군대에 가서 세 가지를 얻었단다. 군대 갔을 때 아빠는 그랬어. 군대 가서 '어떤 걸 얻을까? 그래, 딱 세 가지만 갖고 가자.'라고.

첫 번째는 구준엽 아저씨야. 아빠는 준엽이 아저씨랑 군대도 같이 갔어. 이놈하고는 선봉예술단 공연이란 곳에서 같이 근무했다. 요즘 흔히 연예사병이라고들 하는데, 그 당시 선봉예술단은 연예사병 제도와는 완전히 달라서 1년에 공연을 200회 가까이 하고, 공연 날은 공연 장소로 이동해서 무대설치를 하고 또 세트를 옮기고, 음향, 조명 설치에 의

" 1992년, 3군사령부 소속, 선봉예술단 선임들과 함께 "

상까지 준비한 후, 두 시간 가까이 공연을 하고 나면 다시 무대를 철수한 후에 늦은 밤이 되어서야 우리는 부대로 다시 복귀하곤 했다. 막말로 완전 개고생이었어. 대신 아빠는 군대 덕분에 무대라는 걸 처음 알게 되었단다. 바로 공연을 어떻게 하는지 알게 되었지. 조명을 어떻게 하고, 음향은 어떻게 하는지 등을.

두 번째로 아빠가 얻은 건, 물론 얻었다고 표현하기는 좀 그렇지만 바로 '김송', 선물이 엄마란다. 아빠가 일병이었을 때, 어느 날 엄마에게서 편지 한 통이 날아왔다.

"오빠. 예전부터 오빠를 굉장히 많이 짝사랑했었어."

아빠는 '이게 웬 떡이냐?' 하며 설레는 마음으로 엄마에게 편지를 썼다. 물론 아빠도 당시 엄마가 마음에 들었다. 그때는 한두 살 차이로 많이 들 사귀었는데, 세 살 차이다 보니까 엄마가 너무 어려서 그냥 아는 동생으로만 생각했었는데, 아빠를 짝사랑한다고 하니까 아빠도 기분이 아주 좋았다.

선물아. 군대에서 있던 30개월 동안 아빠가 엄마에게 쓴 편지가 몇 통인지 아니? '내 사랑 송이'라는 제목으로 무려 500여 통을 보냈단다. 엄마는 아빠한테 또 답장을 한 200여 통 보냈고, 지금 우리가 살고 있는 집 안방 침대 밑 라면 박스 안에 그 700여 통의 편지가 들어 있다. 지금도 가끔 부부싸움을 할 때마다 엄마가 그걸 꺼내서 읽곤 해. '내 생각하면서 자.' 이런 거 있잖아, 유치한 거. 하지만 그 편지들을 읽을 때마다 화해가 되고 그렇더라.

아무튼 그때 엄마를 만나면서 엄마와 진심으로 사랑하게 됐다. 그 와중에 다툼도 많았고, 철없던 아빠가 바람도 피고 헤어짐도 많았지만, 그때 나눈 진실한 편지의 힘으로 꾸준히 사랑을 이어갈 수 있었던 것 같다. 가장 힘들고 외로울 때 몸이 아니라 마음이 곁에 있어 준 힘! 그건 정말 큰 거다. 엄마 아빠가 나눈 편지는 나중에 선물이가 보고 싶을 때 상자를 열어서 읽어 보렴.

제대를 하면서 세 번째로 이룬 꿈은 바로 클론이다. 〈꿍따리 샤바라〉를 부를 때 아빠 나이가 스물여덟 살이었다. 아빠가 〈초련〉이란 노래를 할 때는 삐삐머리도 했었는데, 그때는 서른 세 살이었어. 선물이에게 아빠가 클론 이야기를 해 준다면, 한 3박 4일 정도는 밤새서 얘기해 줄 수도 있다. 그러니 지금 자세한 얘기는 접어두고, 아빠는 당시에 클론으로 아주 잘나갔던 시절 얘기만 해 주려고 한다. 하루에 행사도 여러 번 다녔고, 꿈에서만 그렸던 CF도 찍으면서 그렇게 정상까지 오르고 보니까, 아빠는 굉장히 건방져지고 이 세상 모든 게 다 아빠 것 같은 그런 느낌이 들었던 건 사실이다. 하지만 무엇보다도 신 나고 좋았던 건 사람들에게 내 춤을 보여 줄 수 있다는 것, 계속 춤을 출 수 있다는 거였다. 휠체어를 타는 지금도 춤을 생각하면 가슴이 뛰고 행복해지는 이유이기도 하다.

그렇게 아빠는 군대를 다녀오면서 인생에 가장 소중한 세 가지를 얻을 수 있었다. 앞으로 선물이에게는 어떤 것이 가장 소중한 것으로 자리하게 될지 아빠는 궁금하구나.

❦ 내 사랑 송이

"널 보면 내 마음이 아파. 항상 나를 보며 웃어 주는 너. 내 사랑 다 줘도 모자란데. 아직도 널 힘들게 해"

선물아.

이건 10년 전 교통사고로 장애인이 된 이후 발표한 클론의 5집 타이틀 곡 〈내 사랑 송이〉의 가사야. 아빠가 병상에 있을 때나 재활치료를 받을 때나 항상 곁에서 손발이 되어 준 선물이 엄마, 김송에게 고맙고 미안하고 사랑한다는 이야기를 담은 노래다.

노래 제목을 이렇게 정한 이유는 아빠가 군 시절에 엄마에게 보낸 편지의 머리말에 항상 '내 사랑 송이' 또는 '내 마누라 송이'라는 제목으로 편지를 보냈기 때문이야. 아빠는 군대에서 오전, 오후 근무를 마치고, 저녁식사 후 약 3시간 정도 자유시간이 주어질 때 그 시간을 거의 선물이 엄마에게 편지 쓰는 시간으로 보냈다.

"이번 면회 올 땐 면회신청서에 친구나 동생이라고 하지 말고, 반드시 애인이라고 밝히고 옷도 야하게 짧은 미니스커트 입고 와. 그럼 외출이나 외박도 가능할 수 있으니까."

사회에 여자 친구를 혼자 두고 와서 불안하다고 생각되는 장병들, 사랑하는 여자를 내 여자로 만들고 싶다면 진심이 담긴 손 편지 500통에 도전해 보면 어떨까 싶다.

요즘엔 병역의무를 기피해서 좋지 않은 시선을 받아 활동에 제약이 받고 있는 유명인들이 많다. 어차피 가야 할 군대, 또 어차피 해야 할 군 생활이라면 고생한다, 힘들다, 외롭다는 생각을 갖고 하는 것보다는 지나온 시간들에 대한 반성도 해 보고 앞으로 있을 나의 인생에 대해서 설계도 하고, 또 나의 장점이 무엇인지, 그 장점을 잘 살릴 수 있는 방법은 무엇인지 인생을 멀리 내다보고 군 생활 동안 이것만큼은 꼭 해내야겠다는 목표를 가지고 생활한다면, 전역 후에 지나온 군 생활을 돌아봤을 때 자신에게 잘했다고 칭찬할 수 있을 것이다.

선물아. 찰리 채플린은 이런 말을 했단다.

"인생은 가까이에서 보면 비극이지만, 멀리서 보면 희극이다. 그러므로 난 멀리 보려고 노력한다."

군 생활 당시엔 참 힘들었지만, 20여 년이 지난 지금 그때의 군 생활을 떠올리니 살며시 미소가 지어진다.

1.

송이..♡ 92. 1. 30.

하루 종일 춤 연습했다. [illegible] 12일에 [illegible] 있다고 해서 그거 연습 했다.
또. DANCING SHOW 때 들어가는 춤 MICHAEL JACKSON 노래 "JAM" 하고 "BLACK OR WHITE" 두곡 가지고 [illegible] 연습 했다.
운동은 못 했지만.. 나중에 기회 있으면 보여 줄게.
나 옛날이나 지금 오늘이나 니 생각 땜에 미치겠는데.. 송이는 왜 그런지…
정말 하도 그러 [illegible] 참고 다른 춤 [illegible] 고민하고….
송이 땜에 정말 죽어 미치겠다. 참.. 어제 엄마 한테 편지 썼다. 내가 [illegible]
처음으로 내 고민거리를 얘기 했다. 니 얘기도 살짝 썼다. 사실 니 얘기 하고
싶어서 쓴 거니까.. 어제 부터 계획했던대로 순순 시작 한거다.
왜 나이면 니 사랑을 지키기 위해 까지 아니 평생 모두 받고 싶어서다.
부담 갖지 말고~..
송이 자꾸 고민 하지 말아. 금방 늙는다. 나 봐라. 군대 와서 금방 늙었잖아
나 없어서 다 이뻐지고 웃음을 잃지 않길 바라지.. 나 없어서
실망하고 고민하고 속상해하길 바라지 않는다.
재밌는 좀 부탁이다. [illegible] 고민거리를 찾아서 기억해 놓
얘기 해줘. 숨기고 싶지 말고 좀 솔직하자. 니 속에서 난 보고
내가 니 속에 들어 와서 [illegible] 맞고 내가 널 볼 수 있도록 :
재밌는 재밌는 좀 재밌게 살아.. [illegible] 바람이라도 그
재미 하고 나서 내가 다시 널 만날때 [illegible] .. [illegible]
그때 이런 일이 있었지를 안 되겠지? 살이 났다..
[illegible] 바람 안 [illegible] 있다. 나 역시 옛날 [illegible]
[illegible] 사람들 [illegible].. 있었지 없었지.. 내가 [illegible] 그
송이야 [illegible] 생활해.. [illegible]
니 주말에도 착하게 [illegible] 살아라. 니 마음씨가 [illegible] 많이
NIGHT도 가고 가끔씩 [illegible] 술도 마시고..
잘자 송이야.

"아빠가 엄마에게"

"엄마가 아빠에게"

엄마가 아빠를 사랑하는 이유

선문아.

참 신기하고도 놀라운 사실은 엄마는 아빠를 사랑하면서 함께 지내온 24년(1991~2014년) 동안 단 한 번도 아빠가 싫어지거나 흔히 말하는 권태기라는 감정을 가진 적이 없었다는 거야. 아마도 엄마의 이상형이어서 그런 것 같기도 해. 물론 연애할 때 싸우기도 하고 헤어지기도 했지만, 아빠를 만날 때마다 엄마는 늘 설레고 새로운 남자 같았단다.

엄마는 중학교 3학년 때 나이트클럽에서 그 당시 고등학교 3학년이었던 아빠가 춤추는 모습을 보고 첫눈에 반했어. (쌍꺼풀 없는 눈에 긴 팔다리, 섹시한 춤에 완전 빠졌지) 후광이 비칠 정도로 엄마는 완전히 아빠에게 반했던 거야. 그리고 인사하고 지내는 오빠 동생 사이가 되었지.

본격적으로 연애를 하게 된 건 엄마가 용기를 내어 아빠가 군복무하고 있는 군대 주소를 알아내 안부 편지를 쓰게 되면서부터야. 그때 주고받은 편지 덕분에 엄마의 짝사랑이 하나의 완전한 사랑으로 이루어졌단다. 아빠가 군인시절에 엄마에게 맹목적인 사랑을 표현해 주었던 건 잊을 수 없는 행복이었어. 그때 주고받은 편지는 아빠도 말했지만, 700여

66 91년도. 첫 데이트 때 군인 정신으로 엄마를 포옹했단다. **99**

통이 넘는단다. 지금 그때의 편지를 다시 읽어 보면 닭살이 돋을 정도로 낯 뜨거운 애정 표현의 글도 많지만, 그때의 행복했던 꿈들이 지금 현실로 이루어졌다는 것에 너무 감사해.

아빠의 가장 멋진 모습은 말이 앞서지 않고 행동으로 먼저 보인다는 거야. 그때의 편지 내용에는 늘 미래에 대한 생각이 많았고, 세상 물정 모르는 엄마를 늘 걱정해 주며 충고도 많이 해 주었기 때문에 나이는 세 살밖에 차이가 나지 않지만, 엄마에게는 마치 큰 어른 같은 존재처럼 느껴졌단다. 엄마가 전적으로 의지하는 존재가 되어 버린 거야.

지금 생각해 보면 아빠는 밀당의 고수였어. 한마디로 프로라고나 할까? 엄마가 흠뻑 빠지게 만들 만큼 연애편지 솜씨는 최고였단다. 엄마가 아빠만 바라보게 만들어버렸으니까 말이야. 엄마는 남자답고 리더십이 강한 아빠에게 매료되었고, 아빠는 엄마의 우상이 되어버렸다. 꼭 결혼 하자는 군 시절의 편지처럼 아빠가 약속을 지켜 주었다는 게 너무나 고맙고 든든해. 책임감이 넘치는 아빠를 엄마는 너무나 사랑한단다.

선물아. 연애할 때는 멋지고 존경스러운 남자였지만, 아빠가 장애인이 되고 힘든 삶에 지치고 버거워졌을 때는 멋지던 모습은 온데간데없고 불쌍해 보이고 힘들었던 적도 물론 있었어. 때로는 아빠 탓을 하며 원망의 대상으로 여기기도 했지만, 안쓰러운 마음에 그래도 내 사람, 내 사랑, 내가 껴안고 위로해 줄 사람이라고 마음을 다독였단다. 그리고 아빠가 힘든 장애를 받아들이고 사회생활을 하며 재기했을 때 다시 예전의 멋진 모습을 찾은 것에 안심했지만 마음 한 편으로는 힘들어도 힘들다고 표현 못하고, 그 무거운 짐을 아무에게도 나누지 않고 홀로 지려는 모습이 너무 안타까웠어. 엄마는 할 수 있는 게 아무것도 없고, 내세울 것도 하나 없었지만, 아빠 옆에서 지고지순한 사랑의 마음을 표현하고 싶었단다. 물론 표현한다는 것이 아빠도 엄마도 부끄러워 잘 내색은 못했더라도 그저 이렇게 옆에서 들어 주고 웃어 주고 같이 울어 주는 든든한 버팀목이 되어 주고 싶었어. 이게 엄마가 아빠를 사랑하는 마음이란다.

사람들은 엄마에게 일편단심이라고, 둘도 없는 열녀라고 칭찬하지만, 표현은 없고 때로는 거칠어도 맹목적인 사랑을 주는 아빠의 진심을 엄마는 잘 알기에 이렇게 고목나무에 매미처럼 아빠 옆에 딱 붙어 있다는 것을 세상 사람들이 알아 주었으면 좋겠다. 표현도, 달달한 말도 할 줄 모르는 아빠지만, 누구보다 속이 깊고 눈물이 많은 아빠를 엄마는 진심으로 사랑해. 우리 선물이도 나중에 아빠의 깊은 매력에 푹 빠질 거야!

" 93년도,
   송이와의 추억이 많았던
   여의도 시범아파트 "

" 94년도, 단둘이서
   떠난 첫 여행 "

"98년도, 송이가 댄서로 함께 떠난 홍콩 공연 때"

"2011년도, 병원 앞에서"

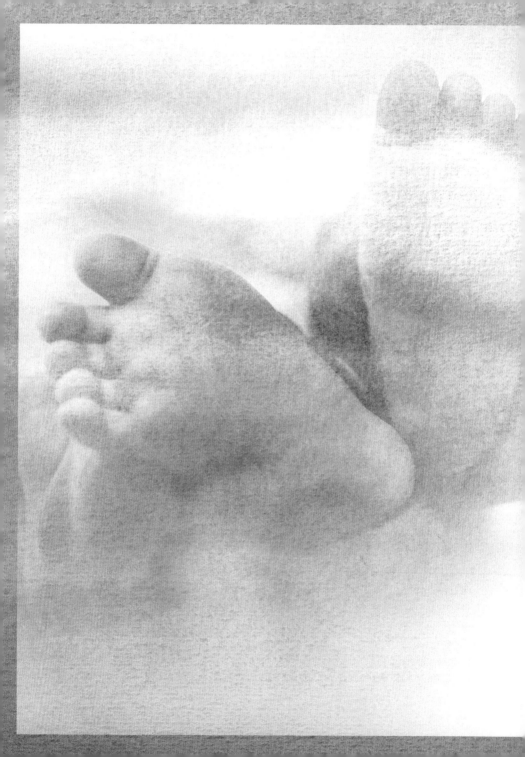

2.

장애는
그저
다른 것일 뿐

아빠의 편지

선물이에게 부탁해

선물아.

아빠는 너에게 "나쁜 짓 하지 말고 착한 사람으로 행복하게 잘 살아라." 라고 말할 자격이 없다. 왜냐면 아빠는 어린 시절에 할아버지 지갑에서 몰래 돈도 훔쳤고, 성년이 되기 전에 담배도 피웠고, 술도 마셨고, 나이트클럽에 드나들며 말썽꾸러기 짓을 워낙 많이 했기 때문이지. 다만 아빠가 너에게 바라는 것 중 한 가지, 네가 어떤 삶을 살아도 좋지만 대신 남에게 절대 상처와 피해는 주지 말았으면 한다.

아빠는 아빠의 단점을 못 보고, 남의 장점을 못 본다. 선물이는 자신의 단점을 보고, 남의 장점을 볼 수 있는 사람이 되었으면 좋겠다. 아빠는 남의 얘기를 잘 듣지 않을 때가 있다. 그래서 대화하는 중에 "쉽게 좀 얘기해 주세요." "내가 알아듣게 얘기해 주세요." "전혀 못 알아듣겠는데요?" "어려워요." 하면서 상대방의 기분을 상하게 한 적이 많았다. 대화가 끝난 후에는 항상 '내가 왜 그랬을까.' 싶은 생각이 들기도 해. 아빠는 누구의 말을 듣기보다는 내 말을 더 많이 하는 것 같아서 그 점은 고쳐야겠다고 다짐해 보지만, 그때만 그럴 뿐 천성은 바뀌지 않는 것 같다.

한편으로는 아빠가 어릴 때 할아버지가 아빠 얘길 안 들어줘서 지금 이런 건가? 하는 생각을 해 본 적이 많다. 사실 할아버지도 남의 얘기를 잘 안 들으신단다. 하지만 아빠는 선물이 얘기는 많이 들어 주려고 더 노력할 거다. 너의 얘기가 끝날 때까지 기다렸다가 아빠가 하고 싶은 얘기가 아니라 너의 이야기에 대한 아빠의 생각을 이야기할 거다. 선물이는 먼저 얘기하는 것, 상대방의 말을 끊는 것, 말이 많은 것은 아빠를 닮지 않았으면 한다.

©JAM 안성진

선물아.

아빠에게는 생일, 국경일, 성탄절 등이 아닌 아빠만의 특이한(?) 기념일이 하나 더 있단다. 바로 11월 9일이야. 다시 말하면, 2000년 11월 9일. 벌써 14년이나 되었는데, 그동안 어떻게 살았는지 모르겠다.

낮 1시경이었지. 아빠는 집을 나와서 대한민국에서 차가 가장 많이 막히기로 유명한 강남의 교보생명 네거리 앞에서 파란 신호를 받고 출발하다가 불법 유턴한 차에 정면으로 충돌하게 되었다. 헬멧을 썼는데도 목이 꺾이고, 몸이 뒤로 넘어지면서 가슴에 있는 등뼈 흉추 3, 4번 뼈가 부러지고, 팔이 오른쪽에 끼면서 갈비뼈 6개가 금이 가고, 오토바이에 깔리면서 무릎부터 골반까지 오른쪽 대퇴부가 두 동강이 났다. 뭐, 한마디로 그냥 난리가 난 거야.

사람들이 잘못 알고 있는 게 있다. 혹시라도 수영장에 가면 절대 다이빙은 하지 말아야 돼. 전신마비 장애인들 중 80%가 물에서 다이빙을 하다 다친 거란다. 바닥에 부딪혀서 그런 게 아니라 물의 압력으로도 충분히 신경이 다칠 수 있다. 그러니까 모두 조심해야 돼.

사고 직후 119가 왔고, 아빠는 중환자실로 곧장 실려 갔다. 수술은 잘 마쳤지만, 의사 말대로 아빠는 하반신 마비 상태였어. 그런데 아빠는 당시에는 그 사실을 미처 몰랐단다. 두 달 후에야 알게 되었지.

'아, 몸이 너무 아프다. 분명히 부모님 댁에 오토바이를 타고 가는 길에 교통사고가 났는데…… 근데 내가 왜 여기 있지?'

순간적인 기억 상실 같은 것이었나 보다. 당시 저녁에만 면회가 돼서 선물이 엄마랑 할머니랑 오셔서 아빠 앞에서 막 울더라. 선물이 엄마는 "오빠, 좀 있으면 괜찮아질 거야. 괜찮아질 거야."라고 했지만, 아빠의 대답은 "아, 괜찮아지긴. 빨리 내보내줘."였다.

간호사가 올 때마다 사인도 했어.

"어머, 강원래 씨 너무 잘 생겼어요." "네." 그러면서 사인하고, "어머, 강원래 씨 여기 계셨네? 우리 신경외과 중환자실에 있다는 얘긴 들었는데, 제가 오늘 숙직이에요. 사인해 주세요." 그러다가 그 간호사가 아빠한테 그러더라. "어! 이거 무슨 냄새야? 강원래 씨 똥 쌌네?" 아빠는 무슨 얘기인가 싶었어. "어머~ 강원래 씨 똥 쌌다. 얘들아~" 그러더니 가서 두 명이 더 오더니 아빠 다리를 들어 바지를 벗기고 옆으로 눕힌 다음에 대변을 치우는 거야.

당시 아빠는 목뼈가 부러진 상태였다. 머리부터 가슴까지 나사 8개로 고정해놨고, 가슴 젖꼭지 한 10cm 위부터 발끝까지는 아빠 스스로 움직이거나 감각을 느낄 수 없는 상황이어서 쓸 수 있는 건 손밖에 없었단다. 그래서 아빠가 "아, 이러지 마세요." 그랬더니 "어머~ 강원래 씨, 가만있어 보세요. 똥을 왜 이렇게 많이 쌌대? 물만 먹는데 이렇게 똥을 싸? 얘들아~"

참다못한 아빠는 "저기요. 아가씨들. 저리 가 주세요. 제가 화장실 가서 똥 누고 올게요."라고 100% 욕으로 바꿔서 얘길 했단다. 그랬더니 "어머, 연예인이 왜 이렇게 욕을 잘해?" 하더라.

그때부터 아빠는 손에 잡히는 대로 다 집어던졌다. 그리고 그날부터 한 달 반 동안 묶여 있었다. 움직일 수 있는 건 손밖에 없어도 입은 살아 있었지. 그래서 "너 X! 내가 너 얼굴 아는데." 어쩌고저쩌고 막 소릴 지르면, 중환자실에 있던 다른 환자들이 화가 나서 "야! 너 조용히 안할래?" 하며 같이 소리를 질렀다. 그래도 아빠는 물건이 잡히는 대로 막 집어던지고 막무가내로 욕을 했다. 그게 아빠의 중환자실 병원생활이었어.

그리고 두 달 후에 아빠는 일반 병실로 옮겨졌고, TV 카메라들이 아빠를 찾아 왔다. 그때 9시 뉴스에 나올 정도로 아빠의 사고는 아주 큰 사건이었지.

"강원래 씨. 지금 기분이 어떠세요?"

"기분이요? 아~"

그러자 우리 아버지가 갑자기 "다 나가! 다 나가!" 소리를 지르셨어. 준엽이 아저씨와 록기 아저씨, 연예인 친구들, 팬과 기자들도 다 나가고 할아버지하고 아빠하고만 딱 둘이 병실에 남았다. 그때 할아버지가 아빠에게 단호한 목소리로 말씀하셨단다. 아빠의 아버지, 그러니까 선물이의 할아버지는 성이 '강' 씨인 데다 경상도 분이어서 아주 무뚝뚝한 분이시다. 그런 분이 "원래야. 너 죽을 때까지 못 걷는다. 마음 단단히 가져라. 평생 장애인으로 살아야 된다."라는 얘기를 눈물 뚝뚝 흘리시면서 하시더라.

선물아. 아빠는 아빠만 힘든 줄 알았다. 그런데 할아버지가 그렇게 눈물 흘리시는 걸 보고 '이거 장난이 아니네?'라는 생각이 들었다. 하지만 그럼에도 그때 아빠가 뭐라고 대답을 했는지 아니?

"설마."였어. 설마.

🌿 병상일지

사고였다.
앞이 보이지 않는 캄캄한 어둠에 난 혼자 버려져 있었다.
여기가 어딜까.
한참을 헤매다 눈을 떴을 때
불행은 나의 온몸을 짓누르고 있었다.
감각이 없다.
지금까지 나를 지탱해 주고
나를 춤추게 했던 내 다리에 아무런 감각이 없다.

하반신 마비라는 너무도 감당하기 힘든 현실을
난 아무런 저항도 못한 채 받아들여야 했다.
어떡해야 할까. 어디서부터 다시 시작해야 할까.
마음속에 밀려드는 좌절과 절망 속에
끝이 보이지 않는 두려움을 안고
나는 세상을 다시 맞이해야 한다.
아직 나를 버리지 않은 세상을 바라보며
흐르는 눈물을 닦고서.

울었다.
이제 나 혼자서 아무것도 할 수 없는 현실이

너무 두려워 울었다.
타들어가는 입술을 깨물며
움직일 수 없는 몸을 마음으로 끌어안은 채
주마등처럼 지나가는 화려했던 지난날들,
그 추억의 끝을 잡고
다시 일어날 수 없다는 현실이 두려워
나는 내 자신을 속여 가며 혼자서 너무 많이 울었다.

하지만 세상이 아직 날 버리지 않았다는 걸 안다.
이렇게라도 나를 이 세상에 남겨둔 이유를 난 알고 싶다.
절망의 늪으로 빠져들면 들수록 칠흑 같은 어둠일 뿐이다.
차라리 죽을 용기가 없다면 이겨내야 한다는 걸 난 알고 있다.
내가 좌절할수록 나보다 내 주위 사람들이 더 힘들어 할 테니
그래서 난 웃는다.

나를 바라보면 눈물을 참지 못하는 송이,
애써 눈물을 숨기며 묵묵히 나를 지켜 주는 원도 형,
언제나 함께 있어 그 소중함을 몰랐었던 나의 친구 준엽이,
항상 어딜 가든 내 걱정을 하며 안부를 묻는 친구 록기,
그리고 사랑하는 나의 부모님.
내가 다시 일어설 수 있도록
나를 격려해 주며 아껴 주는 수많은 소중한 사람들.

그래서 난 이대로 주저앉을 수 없다.
휠체어에 몸을 맡긴 채,
다시 태어난 어린아이의 걸음마처럼
나는 힘든 나의 또 다른 삶을
이제 다시 시작하려 한다.

어두운 밤.
귓가로 흘러내리는 눈물을 남몰래 닦으며
다시 시작하는 또 다른 나의 삶을 위해
난 잃어버린 웃음을 다시 찾으려 한다.

- 2005년에 발표한 클론 5집에 수록된
  김창환 작사의 〈2001.4.병상일기〉

엄마의 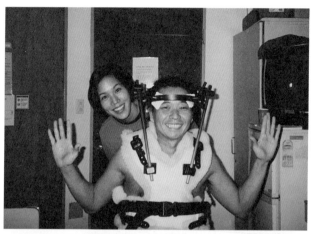 편지

그날 이후

宣:SUN:SON

선물아.

아빠가 청천벽력 같은 교통사고를 당했을 때, 엄마는 한창 박미경 언니의 댄서로 활발한 활동을 할 때였어. 새 앨범 뮤직비디오와 안무를 다 끝내고 첫 방송을 할 때였지만, 모든 일을 하루아침에 중단할 수 있었던 건 엄마에겐 아빠가 전부였기 때문이었어. 내 자신보다 아빠를 더 사랑했기 때문에 가능했겠지.

엄마의 꿈은 현모양처가 되는 것이었어. 아빠랑 결혼해서 알콩달콩 살면서 아빠를 꼭 닮은 아기를 낳아 행복하게 사는 게 꿈이었기에 무슨 일을 당해도 아빠 곁에 당연히 있어야 된다고 생각했단다. 우리는 실과 바늘 같은 존재였거든.

주변에서는 많이들 걱정을 하더라. 평생 장애인과 어떻게 살아갈 거냐고. 준엽이 아저씨는 살다가 힘들어서 포기하게 된다면, 그래서 언젠가 원래 곁을 떠나게 된다면 더 힘들어할 사람은 원래일 거라며, 떠날 거면 지금 떠나라고, 그래도 너에게 돌 던질 사람은 없을 거라며 안타까움의 편지를 써주기도 하셨다. 하지만 그래도 주변 사람들의 이런 저런 걱정과 많은 말들 속에서도 엄마가 흔들리지 않았던 이유는 오직 사랑 때문이었단다. 아빠가 엄마에게 준 그 사랑 때문에 힘을 낼 수 있었던 거야. 그렇게 처음엔 내 사랑의 힘을 다해 뭐든지 다 할 수 있다고 생각했고, 또 강한 모습만을 보이려 했지. 하지만 힘든 하루하루가 지나면서 어느 날 현실을 직시하게 됐을 때, 엄마는 숨이 잘 쉬어지지 않을 만큼 가슴이 턱턱 막혔단다.

'아…… 나 아직 젊은데…… 평생을 이렇게 수발하며 살아가야 하나?'

매일 똑같은 일상이 로봇처럼 반복되던 날들이었어. 2시간마다 욕창이 생기지 않도록 자세를 바꿔 줘야 했고, 손으로 배변 처리를 해야 했고, 무거운 다리를 운동시켜 줘야 했단다. 그러면서 서서히 아빠의 손과 발이 되겠다며 "자신 있어!"라고 했던 모든 다짐들이 흔들리기 시작했어.

엄마의 개인시간은 아빠가 잠든 후에야 생겼고, 그 시간에 재빨리 잠시라도 눈을 붙여야 2시간 후에 일어나서 자세를 바꿔 줄 수 있었기 때문에 아주 고된 시간이었지. 엄마의 스트레스는 극에 달해 새벽 내내 인터넷 게임으로 그것을 회피하려고 했단다. 피곤이 더해져 쌓이다 보니 아빠에게 신경질적으로 표현하게 되고, 싸움도 잦아지게 되었어. 아빠에게 가장 편한 사람은 엄마였기에 아빠는 때론 가버리라고, 너 없어도 충분히 살 수 있다며 상처가 되는 말들을 던지기도 했어. 엄마 역시 모든 원망의 대상이 아빠가 되었기에 장애인이라고 무시하는 발언도 거침없이 내뱉으며 전쟁을 치러야만 했다.

한 번은 엄마가 아빠 앞에서 '아차!' 실수를 했던 적이 있었어. 아빠가 기억할진 모르겠지만, 그 당시 한국에서 살고 있었던 재현이 삼촌과 통화를 하면서 "나 너무 힘들어. 이 집, 숨 막힐 것 같아. 너희 집에 놀러

갈게." 하고는 전화를 끊었는데, 그때 옆에 아빠가 있었던 거야. 그때는 사고 난 지 얼마 안 되었던 때라 재활 훈련이 필요한 상태였고, 엄마의 간병이 절대적으로 필요했을 때였지. 몸도 마음대로 움직이지 못하게 된 아빠는 엄마보다 더 가슴이 답답하고 숨이 막혔을 텐데, 나보다 더 힘들었을 텐데, 그 앞에서 그만 힘들다는 말이 터져 나와 버린 거야. 하지만 엄마도 거의 폭발 단계에 있었고, 내가 힘들다는 걸 알아주지 않는 것 같은 아빠가 미워서 집을 나와 삼촌 집으로 가버렸어.

하지만 엄마는 마음이 편하지가 않았단다. '오빠가 혼자 뭐하고 있을까?' '계속 휠체어에 앉아 있어야 할 텐데.' '힘들 텐데.' '밥은 어떻게 혼자 차려 먹을 수 있을까?' 등등 온통 아빠에 대한 걱정을 떨칠 수가 없더라. 불안한 마음으로 저녁에 집에 돌아왔을 때는 엄마가 집을 나갈 때 그 모습 그대로 휠체어에 앉아 12시간 넘게 인터넷 장기만 두고 있는 아빠를 보았단다. 엄마는 마음속으로 용서를 빌고 또 빌었어. 그때 가장 힘들었을 사람은 아빠였는데, 엄마는 왜 나만 생각하는 이기적인 사람이었을까? 너무 미안하고 아빠에게 또다시 용서를 구하고 싶은 마음이야.

엄마의 일탈은 그것이 끝은 아니었어. 반복되는 일상생활에 지쳐 새로운 것을 찾으려고 인터넷 게임에 빠졌고, 비즈공예와 아이들 머리띠, 핀 만들기에도 빠졌고, 스트레스를 해소하기 위해 클럽에도 다녔어. 그때 아빠는 클럽에 간다는 엄마를 말리지 않았단다. 엄마를 전적으로 믿

어서일까? 아니면 미안해서 붙잡지 않았던 것일까? 엄마는 현실 도피
로 놀러 다녔고, 그런 엄마를 보면서 주변에서 많은 사람이 수군거렸다.

"저 여자 강원래 부인 아니야? 아니, 여기 와서 왜 춤을 춰?"
"야, 얼마나 힘들면 저러겠냐? 난 백 억을 줘도 저렇게는 못 살아."

클럽을 다녀도, 다시 엄마가 돌아와야 할 곳, 있어야 할 곳은 아빠가 기
다리고 있을 집이었어. 물론 그땐 집이 감옥이라고 여겼을 때야. 새벽
에 집에 와보면 혼자 잠자고 있는 아빠의 모습을 보고, 엄마는 현관 옆
에 있는 방에 들어가 문을 걸어 잠그고 통곡하곤 했지. 아빠가 불쌍해서
울었고, 그러다 보면 내 인생이 불쌍해서 자기 연민에 빠져 울었어. 그
괴로웠던 몇 년의 시기를 떠올리면 지금도 가슴이 답답해지는 것 같다.
그렇게 울다가 다음 날 아빠의 모습을 보면 더 한숨이 깊어졌어. 그리곤
당신 때문에 내가 고생한다며 하루 종일 생색을 내 보상을 받으려는 심
리로 아빠뿐 아니라 엄마 자신까지 힘들게 했단다. 끊임없이 도망갈 이
유, 이혼으로 회피할 계획도 세웠고, 싸울 때마다 이혼하자고, 돈 내놓
으라고! 나쁜 모습, 최대한 악한 모습으로 대할 때도 많았어. 그러나 이
혼할 수 없었던 이유는 그때 당시 우리를 쳐다보는 사람들의 시선이 두
려워서였고, 부모님께 이혼의 상처를 안겨드릴 수가 없어서였단다.

이런 힘든 고통의 나날들을 지나면서 몇 년이 흐른 후에 엄마가 깨달은
사실 한 가지가 있었는데, 우리가 함께 할 수 있었던 가장 큰 이유는 서

로에 대한 '믿음'이라는 거였어. 아빠가 예전에 엄마에게 아낌없이 표현해 주었던 넘치는 사랑을 엄마는 늘 소중하게 간직하고 있단다. 그래서 힘들어도 그 사랑 하나로 이겨낼 수 있었고, 흔들릴 때마다 마음을 다잡고 더 단단하게 지금까지 아빠와 함께 할 수 있었던 것 같아. 주변에서 그런 얘기를 해. 장애인과의 삶을 겪어 보지 않아서 모르겠지만, 그래도 제일 부러운 건 엄마가 사랑하는 사람하고 이렇게 오래 연애하고 지금도 결혼생활을 하면서 함께 하고 있다는 게 가장 부럽다고.

선물아. 엄마는 그렇게 생각해. 긴 세월 동안 때론 힘들기도 했지만, 힘든 상황이 오면 주님은 또 뭔가를 주시는 것 같아. 인생에서의 연단이라고 할까? 엄마에게는 그 시련들이 마이너스가 아니라 오히려 디딤돌이 됐던 것 같다. 바로 세워지는 디딤돌처럼 말이야. 그리고 엄마와 아빠가 힘든 상황을 겪으면서도 그것에 대해 서로 참지 않고 차라리 얘기하고 부딪치고 터트렸다는 게 오히려 다행이었던 것 같아. 그 모든 순간들이 하나하나 밟아야 될 과정이었고, 그 과정을 모두 거쳤기 때문에 여기까지 굳건하게 올 수 있었던 거라고 생각하거든.

얼마 전에도 병원에서 엄마에게 인터뷰를 부탁했는데, 많은 불임 부부들에게 응원의 한마디를 해달라는 말에 엄마는 이런 말을 했단다. 아무리 사이가 좋았던 부부들도 네 탓 내 탓하게 되는데, 그런 감정들은 서로 회피한다고 해결되는 것이 아니라 함께 겪어야 되고 버텨야 하는 것이라고. 거기에서 그냥 포기하면 결론은 이혼으로밖에 나지 않게 되니까 피하지 말고 함께 이겨낸다면 두 사람의 믿음이 더 굳건해지는 것 같다고.

결국 엄마가 힘든 고통의 과정들을 겪고 나서야 깨달은 한 가지는, 그럼에도 엄마가 사랑한 사람은 오직 아빠라는 것, 아빠 곁에서 이렇게 돕는 배필로 살아가는 게 엄마의 사명이라는 것, 내가 택한 삶이 가장 소중하다는 것을 깨달았단다. 사랑하는 아빠를 떠났다면, 과연 엄마는 아빠 없이 잘 살 수 있었을까? 생각만 해도 끔찍하구나.

고된 삶 속에서 많은 눈물을 흘려야 했던 과정들은 하나도 버릴 게 없는 소중한 값어치가 있는 것들이야. 돌들이 깎이고 깎여야 아름다운 빛을 내는 다이아몬드가 되듯이 엄마의 삶도 그런 과정을 거쳐 고운 가루가 되는 과정들이 꼭 필요했다는 그 귀한 깨달음을 얻게 된 것이 너무 감사하단다. 그래서 그 힘든 시절을 잘 지내온 선물로 "잘했다!"라고 선물이를 귀한 선물로 주신 하나님께 진심으로 감사해.

"2000년 11월 교통사고 후 재활치료 받을 때.
이때만 해도 한두 달 후엔 내 힘으로 걸어다닐 줄 알았다."

아빠의 편지

대한민국에서
장애인으로
산다는 것

선물아.

대한민국 장애인들의 90%가 중도 장애인이라고 한다. 태어난 이후에 사고나 질병으로 장애인이 된 거지. 그 90%의 장애인들이 갖는 재활코스는 크게 딱 네 가지야.

'부정-분노-좌절-수용'

이런 경우 사람들은 대부분 처음에 부정을 하게 돼.

"내가 못 듣는다고? 내가 못 걷는다고? 아냐. 아냐, 나을 거야."

그 다음은 분노.

"씨, 뭘 봐. 나 장애인이야? 나 병신으로 봐? 이 XX들이."

그리고 좌절.

"나…… 죽어버릴까?"

가끔 학생들이 와서 "원래 오빠. 힘내세요." 그러는데, 우리 이런 생각을 한번 해볼까? 예를 들어 우리 반에 굉장히 못생긴 친구가 있어. 그런데 그 친구한테 가서 "힘내. 파이팅!" 그러면 그 친구 기분이 어떨까?

한 흑인이 백인이 다니는 대학교에 들어갔는데, 그 백인들이 응원을 하지. "야, 너 전혀 흑인 같지 않아. 백인이야, 너는." 그럼 그 흑인의 기분이 어떨까?

선물아. 아빠는 '분노−좌절−분노−좌절'을 반복해 오다가 수용이라는 단계까지, 여기까지 오는 데 딱 5년이 걸렸단다. 지금도 물론 오락가락할 때가 있어. 사람들 중에는 아직도 "에이, 강원래 저러다가 걸을 걸?"이라며 부정하는 사람들도 있을 거야.

아빠가 처음 휠체어를 타면서 제일 먼저 했던 말 중에 하나가 "뭘 봐."였다. 어렸을 때도 상처가 많았는데 장애인까지 되니까 막 더 욕하고, 화내고, 짜증내고 그랬던 거야. 그런데 아빠가 정신과 치료를 받다 보니까 왜 그랬는지 알겠더라고. '아…… 강해지고 싶어서 그랬구나. 약하기 때문에 강해지려고 그랬던 거였구나. 내가 진짜 강하다면 여유가 있을 텐데.' 그런 생각이 들었다.

선물아. 장애를 가진 사람들은 육체적 재활치료를 받기 위해서 재활병원이란 곳에 가지만, 아빠는 그곳에 가서 재활치료를 받는 환자들을 보면 힘들게 병원생활을 했던 시절도 생각나고, 장애가 힘들어 남몰래 눈물 흘렸던 경사로, "내가 휠체어를 왜 타냐."며 소리쳤던 물리 치료실 등을 지나치면서 치료를 잘 받고 장애를 수용한 아빠 스스로에게 "더 잘하자."고 칭찬하곤 한다.

특히 아빠는 육체적 치료보다는 정신적 치료를 받을 수 있는 곳이라 재활병원을 자주 오곤 하는데, 재활병원에 있는 장애인 화장실은 그냥 지나치지 못하고 항상 들려서 화장실 바닥을 내려다보곤 한다.

하반신 마비 장애인에게 화장실은 어떤 곳일까? 재활병원에 가면 그곳에서 마주치는 척수손상(전신마비, 하반신 마비) 환자들이 묻는다.

"대소변 감각은 돌아오나요? 강원래 씨는 그런 감각이 있으니 이렇게 돌아다닐 수 있는 거죠?"

사실 아빠는 사고 이후로 그런 감각은 없어졌고, 지금도 여전히 감각이 없다. 오줌 마려운 게 뭔지, 똥이 마려운 게 뭔지 모른다. 아니, 그런 감각이 뭐였는지 어떤 것이었는지 기억조차 안 난다. 감각이 기억 안 난다고 하면, 다들 "그게 기억이 안날 수 있나?" 할 거야. 양손을 휘저어 하늘을 날아본 사람은 없겠지. 하늘을 손으로 나는 느낌은 어떤 것일까? 아무것도 모르는 그 느낌, 그 감각을 말로 설명하기는 어렵다. 아니, 아예 못하겠다. 걷는 것, 뛰는 것, 배부르고 배고픈 것, 쉬가 마려운 것, 발가락 간지러움, 허벅지 꼬집는 아픔 등 모든 감각이 전혀 느껴지지 않고, 기억도 나지 않는다.

그런 느낌이 전혀 없었기에 사고 후 처음에는 대소변을 간호사들에게 내 몸을 보여 주며 처리할 수밖에 없었고, 그 후 재활과정에서는 선물이 엄마의 도움으로 해결했는데, 그냥 스스로 해결할 수 있으면 그렇게 하고 싶었다. '하루 4번, 소변 줄로 소변을 받고, 이틀에 한 번 대변⋯⋯' 이렇게 짜인 스케줄에 따라 배변훈련을 받아야만 했다. 하지만 감각 없는 내 몸을 누군가에게 보여 주는 것도 싫었고, 도움을 받는 것 자체가 싫었다.

아빠가 그때 제일 걱정했던 건 혼자서 대변, 소변을 해결하는 거였어. 그런데 그때는 이틀에 한 번씩 그 간호사가 왔단다.

"어머, 강원래 씨."
"이 X"
"가만있어 봐요. 똥은 치워야 될 거 아니에요."

아빠는 혼자서 한번 해보고 싶었어. 그래서 아빠보다 먼저 입원한 하반신 마비 전신장애인들한테 이것저것 물어봐서 화장실을 갔단다. 좌약을 넣고 배를 뭐 360도로 뭐 한다 어쩌고저쩌고 해가지고 딱 갔는데 화장실에서 까먹은 게 있었어. 아빠가 딱 4개월 됐을 때인데, 변기에 어떻게 앉았는지 기억이 안 났다.

'걸어가서 바지를 내리면서 앉았었지? 근데 여기 의자에서 저쪽으로 어떻게 옮겨 앉지? 그래도 한번 해 보자. 아니, 근데 바지를 내리고 옮겨 앉는 게 나을까. 아니면 바지를 입은 채로 옮겨 앉는 게 나을까? 그래도

휠체어에 손잡이가 있으니까 여기서 바지를 벗자.'

아빠는 칙칙칙칙…… 엉덩이가 안 들리니까 칙칙칙칙…… 계속 내리다
가 핸들봉을 잡고 옆으로 찍 옮겨 앉았는데 아뿔싸! 다리가 쭉 미끄러
졌어. 그래서 그대로 쑥 굴러 떨어졌지. 꽈당 넘어진 게 아니라 그냥 쑥
~ 인생의 밑바닥이라는 말이 있지? 바로 그때가 아빠가 경험한 최고의
인생 밑바닥이었단다. 아빠는 화장실로 쭉 굴러 떨어졌고, 지린내는 나
고, 질퍽질퍽 하고. 순간 눈물이 쏟아지는데 그건 창피해서도 아니고,
아파서도 아니고, 평생 이렇게 살아야 되나 이런 생각 때문이었어.

'어떡하지? 어떡하지……. 간호사를 부를까?
아우, 지금 새벽 2시인데?'

그런데 자세히 보니까 노란 벨이 있더라고.

'비상 시 누르세요. 간호과장.'

'분명히 저 벨을 눌러서 간호사들이, 의사들이 날 구해내면 세브란스 병원에 소문이 나겠구나. 안 되겠다. 나 혼자서 일어나야겠다.'

그런데 아빠는 혼자 일어날 수 있는 몸 상태가 아니었어. 전혀 그렇게 하지도 못했었고. 그런데 대변 냄새가 또 슬슬 올라오는 거야. 그래서 감각이 없으니까 손으로 만져봤지. 와…… 그러다가 또 울었다. 눈에는 눈물이 흐르고, 대변은 질퍽질퍽하고. 20분, 30분을 또 울었을까? 결국에는 '다시 오르자, 오르자.' 해서 1시간 반 이상을 낑낑댔단다. 한손에는 핸들 봉, 한손에는 휠체어 바퀴를 짚고 막 있는 힘을 다 모아서 몸을 끌어올렸어. 그래서 결국에는 휠체어 위에 올라왔고, 벗겨진 바지를 주워 담고, 몸을 닦고, 바닥을 닦고, 그래서 일반 병실로 다시 왔어.

병실에 딱 와서 다행이라는 생각과 함께 선물이 엄마를 깨웠지. 간이침대에서 자고 있던 선물이 엄마에게 "송이야, 나 좀 씻어야겠는데?" 했더니 날 보자마자 갑자기 "악! 오빠 왜 이래! 여기요! 여기요! 도와주세요!" 그래서 온 병실에 다 불이 켜지고, 간호사들이 다 뛰어 올라와서 아빠는 응급실로 실려 갔단다. 사실 응급실에 갈 건 아니었는데.

그 후 샤워를 마치고 한 새벽 4시쯤 침대에 딱 누웠는데, 진짜 거짓말 안하고 웃음이 나오는 거야, '와, 살았다.' 이 생각이 들면서. 한 네다섯 시간? 밤 10시부터 새벽까지 그 시간 동안 아빠는 바닥을 딱 치고 올라온 기분이 들었어. 그때 포기했더라면……. 그런 생각도 들더라. 웃음이 나왔던 이유는 아마 이젠 혼자서도 뭔가를 할 수 있겠다는 자신감이 생겼기 때문일 거다.

선물아. 아빠가 그때 왜 힘들었는지를 정신과 치료를 받다 보니 알게 됐어. 아빠가 논현 초등학교, 언북 중학교, 경기 고등학교, 강릉 대학교를 다니면서 한 번도 장애인 친구들이 없었던 거야.

"어! 못 들어? 어우 귀머거리. 말 못해? 병신들. 아~ 병신들~ 저런 인간들이 우리나라에 있어? 정말 인간쓰레기들이야."라고 그동안 아빠가 생각했으니까 사람들이 아빠를 그렇게 볼 거라고 생각을 한 거야. 무슨 말인지 이해가 되니? 길 가다 아빠가 자주 했던 말이 "뭘 봐!"였는데 사실 아무도 날 안 본 걸지도 몰라. 오히려 내가 보고 있었던 거지. 장애아를 키우는 어머님들은 공감하실 거야. 아무도 날 신경 안 썼는데 나만 신경이 쓰이는 거지. 우리 애가, 또 내가.

"'장애인이니 도와주세요. 장애 없이 살고 싶어요.'가 아닌
'꿈을 갖고 살고 싶어요. 꿈을 갖게 도와주세요.'가 정답인 듯."

아빠가 과연 아무것도 못할까? 아니잖아. 그런데 아빠가 어렸을 때 봤던 그 장애인에 대한 편견 때문에 아빠 자신을 인정하지 못했던 거야. 그래서 그때는 매일 마스크를 쓰고 다녔는데도 "어머, 강원래 씨." 그러면 '아, 어떻게 날 알아봤지?' 싶었어. 지금이야 웃으면서 얘기하지만, 그때는 정말 사람들의 시선이 힘들었단다. 그게 사실은 아빠가 갖고 있었던 장애인에 대한 편견이었던 거야. 만약에 아빠 친구 중에 한 명이라도 장애인 친구가 있었더라면, 이 친구는 화장실에 어떻게 가고, 수화를 어떻게 하고, 어떻게 자기표현을 하는지 아빠가 배웠을 텐데, 그런 걸 한 번도 못 배웠잖아. 그래서 낯설었던 거야. 지금 대한민국에 있는 장애인들에 대한 편견은 서로 몰라서 그런 것일지도 몰라. 서로 잘 몰라서 편견이 있는 거지. 알면 그러지 못할 거다.

선물아. 아빠는 그렇게 4개월 동안 정신과 치료를 받았단다. 다니다 보면 동네 거지들을 많이 만나게 되는데, 한 번은 강남역에서 휠체어 타고 있는 사람을 만났어. 아빠도 휠체어를 탔잖아. 왜, 어머니들은 아실 거야. 내가 예쁜 가방 들고 나왔는데 똑같은 가방 들고 있는 사람 보면 괜히 반갑기도 하잖아. 그래서 아빠도 휠체어 탄 사람이 반가웠어.

"어, 아저씨. 흉추예요? 아니면 경추?" 아빠가 막 이렇게 물으니까 이 아저씨가 쓱 몸을 돌려, "아저씨, 장애인 아니에요?" 묻는 거다. 아빠가 장난기가 있잖아. "아이~ 장애인 아니죠?" 그러니까 그 아저씨가 몸을 돌리는데 뒤에 팻말이 있어서 아빠가 사진을 찍었단다.

"장애인이니까 도와주세요. 장애 없이 살고 싶어요."

하지만 이 팻말…….

"꿈을 갖고 살고 싶어요. 꿈이 없으니 도와주세요."

이렇게 쓰고 해석하는 게 더 낫지 않을까?

태어날 때부터 장애를 갖게 된 사람이나 사고나 질병으로 중도에 장애를 갖게 된 사람, 또 장애 아동을 키우는 부모님들이 적어도 한 번쯤은 머릿속에 떠올렸을 생각 중 하나가 바로 "에휴~ 내가 뭔 죄를 지었기에……."라고 한다. 아빠 역시 교통사고 후 장애를 갖고 평생 살아야 한다고 했을 때 "왜 나에게 이런 일이 일어났을까? 내가 뭔 죄를 지었다고……."라는 생각을 하며, 며칠 밤을 눈물 흘리며 보냈다. 그리고 "내 죄를 용서해 주세요. 다시 걸을 수 있게 해 주세요. 예전으로 돌아갈 수 있게 해 주세요."라고 내가 아는 모든 신(하나님, 부처님, 알라신 등)에게 진심으로 반성의 기도를 했다.

그런데 왜 장애를 갖게 되었을 때 아빠는 죄를 지어서 이렇게 되었다고 생각했을까? 장애하고 죄하고 무슨 상관이 있는 걸까? 그때 아빠는 장애와 장애인에 대해서 아는 것이 없었고, 관심조차 없었다. 그런데 왜 장애를 갖게 되니 이게 다 내가 지은 죄 때문이라고, 죄 값을 치르는 거라고 생각했을까? 장애인들은 전부 죄를 지어서 그렇게 산다고 누가 나에게 가르쳐 줬나? 그냥 어렸을 때부터 그렇게 배웠기 때문인가? 살아오면서 나도 모르게 그런 편견이 생긴 걸까? 나쁜 짓 하면 장애인이 된다고 누가 그랬나? 장애뿐만 아니라 질병이나 따돌림, 좌절, 불행 등 이런 게 죄인과 관련이 있나? 아빠는 잘 모르겠다. 깊이 생각하니 많이 어렵네.

"인간은 누구나 죄인이다."라는 말을 어디에서 들은 기억은 있다. 그런데 선물아, 아빠는 묻고 싶다. 이 세상에 죄를 안 짓고 사는 사람이 있을까? 이 세상에 완벽한 사람이 과연 있을까?

아빠의  편지

뭘 봐!

宣:SUN:SON

선물아.

아빠가 장애를 깨닫고 처음 했다고 했던 말, 그동안 제일 자주 했던 말 기억하니? 바로 "뭘 봐?"였어. 그래서 지금 이 제목으로 편지를 쓰려고 해. 지금도 아주 가끔은 이 말을 하고 있단다.

"뭘 봐?"라는 말의 뜻은 "무엇을 보십니까?"라는 뜻이야. 그러니까 "나의 무엇을 보냐?"라고 묻는 거지. 나의 무엇을 보냐고 물어볼 만큼 민감하게 반응한다는 건, 나의 이것만은 보지 말았으면 하는 바람이 있었기 때문이라고 생각한다. 그렇다면 무엇을 보여 주기 싫었기에 "뭘 봐!"라며 신경질을 냈을까? 아빠가 보여 주기 싫었던 건 분명 아빠가 타고 있는 휠체어였을 거야. 아빠는 눈동자, 얼굴, 몸매, 옷차림을 보기 전에 아빠의 휠체어를 보고 있을 거라는 착각을 하고는 "뭘 봐!"라며 사람들에게 인상을 썼던 거다. 아빠가 장애인이 되기 전에 장애인을 쳐다볼 때 그렇게 봤듯이 누군가 나를 그렇게 쳐다볼 것이란 생각을 스스로 가지고 있었던 거지.

아빠는 사고 이후 약 두 달 동안 침대에 누워만 있었고, 그 후 하반신 마비 판정을 받고 목뼈 부분에 필라델피아라는 목뼈 고정대를 하고 재활치료를 받았어. 재활치료실에 들어가면 그곳에 있는 간병인, 치료사, 심지어는 같은 장애를 가지고 치료를 받는 환자들까지도 아빠를 쳐다봤다. 보호자들도 자기 아들, 딸, 자기 부모님이 치료받는 것보다 아빠가 치료받는 걸 더 궁금해 했지. 그런 관심 때문에 짜증이 나서 목뼈 고정대 필라델피아 뒷부분에 아빠는 매직으로 크게 "뭘 봐!"라고 써 놓기도 했다.

사람들 시선 때문에 치료를 받을 때마다 아빠는 항상 인상을 썼고 다른 환자가 가볍게 인사만 해도 "뭘 봐요? 왜요?" 하며 짜증냈던 내 모습…… 그때 함께 치료를 받았던 재활병동 환자들과 보호자, 간호사, 치료사들은 아마 다들 기억할 거야.

아빠가 지금 와서 생각해 보면 그때 뭘 보냐고 소리치며 화내고 짜증냈던 이유는 날 불쌍하게 보는 시선이 싫기도 했지만, 내가 장애를 갖게 되어 힘들어하는 모습, 앞으로 평생을 대소변도 못 가리면서 휠체어에만 의지해서 살아야 한다는 것, 내가 처한 이런 상황을 이해해달라는 마음도 있지 않았을까?

사고 전 아빠가 갖고 있었던 장애인에 대해 불쌍하다, 능력 없다, 누구의 도움을 받고 살아야 한다, 숨어서 살아야 한다는 식의 편견을 갖고 있었기에 다른 사람들도 나를 그렇게 볼 것 같아서 불쌍하지 않다, 나 혼자서 할 수 있다며 사람들의 시선을 거부했던 것 같다.

한 번은 환자를 문병 온 여학생들이 아빠를 보며 웃는 것 같아서 "뭘 봐? 장애인 처음 봐?"라고 반말로 화를 낸 적이 있었는데, 그 여학생이 "죄송합니다, 아저씨. 근데요, 저희들 아저씨 보고 웃은 게 아닌데요.

아저씨는 괜한 피해의식이……"라며 말끝을 흐렸다. 피해의식……. 그렇다, 아빠는 그 여학생의 말처럼 피해의식이 있었던 거다. 불쌍해 보여 동정할 거라는 생각 때문에 일부러 강해 보이려고 인상을 쓰고 있었던 거다. 또 여학생들은 날 쳐다보지도 않았는데 말이지. 그때 아빠는 '사람들이 날 쳐다보고 있는 게 아니라 내가 사람들을 쳐다보고 있다'는 걸 깨달았다. 지금 누가 날 불쌍하게 쳐다볼까? 누가 날 능력 없다고 말할까?

선물아. 사람이 사람을 볼 땐 상대방의 특징과 개성을 찾는다고 한다. 어찌 보면 장애도 하나의 특징이고 개성이다. 단점일 수도 있지만, 장점이 될 수도 있는 개성. 그런 개성을 아빠는 그동안 '무섭다, 징그럽다, 불쌍하다, 아무것도 못할 거야, 저렇게 사느니 죽는 게 나을 거다.'라고 생각했던 거다. 누군가 아빠의 장애를 불쌍하게 봤더라도 내가 먼저 웃으며 나의 장애는 장점이라고 설명했다면 어땠을까? "뭘 봐! 장애인 처음 봤냐?"라며 소리치고 짜증내고 내 자신을 숨기며 보여 주기 싫었던 것들이 무엇이었는지 휠체어를 탄 지 14년이 넘은 지금, 천천히 정리해 볼까 한다.

❧ 말할 수 없는 답답한 현실

엘리베이터 1

아빠가 입원해 있던 병원에서 엘리베이터를 타고 치료실로 가는 도중 병문안을 온 부녀는 엘리베이터에 타며 큰소리로 대화를 나눴다.

딸: 아빠 이 병원에 강원래가 입원해 있대요.
아빠: 강원래가 누군데?
딸: 가수 강원래 몰라요? 오토바이 타고 가다가 사고 나서 하반신 마비 됐대요. 앞으론 못 걷는다고 하던데……. 쯧쯧쯧. 불쌍하죠?
아빠: 불쌍하긴. 쇼(Show)일 거야~ 가수고 탤런트고, 아프다는 거 다 쇼야. 그렇게라도 관심 받아서 인기 끌려고 하는 거야.

엘리베이터에 같이 탄 나를 못 봤는지 부녀는 계속해서 큰소리로 대화를 나눴고, 아빠는 멍하니 그들의 대화를 듣고만 있었다.

엘리베이터 2

행사를 마치고 지하 주차장으로 내려가는 엘리베이터를 타려는데, 행사장에서 우리 공연을 본 사람들이 엘리베이터를 타려고 기다리다 날 발견하고는, "어머, 오늘 공연 잘 봤어요. 장애를 가졌지만 휠체어를 타고 다시 춤을 춘다는 건 상상도 못했어요. 많은 감동을 받았어요. 힘내세요." 하시던 분들이 막상 엘리베이터가 오니 서로 타기에 바빴다. "강원래 씨도 타세요."라며 자리를 조금 내어 주었지만, 내가 타기에는 공간이 비좁아 보여 "전 올라갈 겁니다. 먼저 내려가세요." 한 후, 다음 엘리베이터를 이용했다.

또 백화점에 선물이 엄마와 함께 쇼핑을 갔을 때 일이다. 지하 주차장에서 매장으로 올라가는 엘리베이터를 타려 했지만, 휴일이라 그런지 올라가는 엘리베이터는 계속 만원이었다. 그래서 몇 번씩이나 타지 못한 것도 짜증났는데, 엘리베이터 문이 열릴 때마다 "안녕하세요? 쇼핑 나오셨나 봐요?"라며 웃기만 할 뿐, 엘리베이터에서 내려 "우린 걸어갈 테니 먼저 올라가세요."라고 말하며 양보하는 사람은 단 한 명도 없었다. 기다리다 지쳐 올라가는 엘리베이터 말고 내려가는 엘리베이터를 타고 지하 5층까지 내려갔다가 그대로 다시 지상 매장으로 올라갔다. 요즘도 엘리베이터를 이용할 땐 이 방법을 쓰고 있어.

선물아. 세상은 직진이 아닌 U턴이나 P턴을 하는 방법도 있다는 걸 네가 알았으면 좋겠다. 어쩌면 이게 장애를 가지고 이 세상을 살아가는 아빠의 방법일지도 모른다.

엘리베이터 3
혼자 엘리베이터에 있는데 아주머니 한 분이 타셨다. 날 보며 다 안다는 듯 안타까운 시선을 보내더라. '어디 가세요? 몸은 많이 나아지셨고요?'라는 질문을 할 것 같고, 날 불쌍하게 바라봐서 괜히 동정의 대상이 되는 것도 싫어서 난 아픈 척 인상을 쓴 채 고갤 푹 숙이고 있었다. 그러자 한 아주머니가 낮은 목소리로 "강원래 씨 아직도 많이 아프세요?"라고 묻더라. 아빠는 속으로 '난 아픈 게 아니라 장애를 가진 겁니다. 환자와 장애인은 다른 겁니다.'라고 대답하고 싶었지만, 그것도 귀찮아 계속 고개만 숙이고 있었다. 그 후 아주머니는 아빠에게 인사를 하고 내리셨고, 아빠는 지하 주차장에서 차를 타고 주차장을 빠져나왔다.

선물아. 솔직히 이런 상황에서 아빠는 아픈 게 아니라 장애를 가진 거라는 생각을 하며 쉽게 짜증이 났지만, 곰곰이 생각하니 장애를 가진 게 창피한 거라 생각했으니 내 마음이 많이 아프다는 걸 알았다. 그리고 이제 아빠는 고개를 들고 다녀야겠다는 생각을 가지게 되었단다.

🌿 가장 큰 불편, 외로움

선문아.

세상에는 많은 사람들이 살고 있단다. 키 큰 사람, 키 작은 사람, 뚱뚱한 사람, 마른 사람, 잘생긴 사람, 못생긴 사람 등등. 그렇게 성격도 다르고, 생김새도 다르고, 다양한 개성을 가진 사람들이 살고 있는데, 그중 장애를 갖고 사는 사람들도 있다.

한 번은 '장애를 바르게 이해하자.'라는 취지로 일반 고등학교에서 장애 체험행사가 열린 적이 있었다. 장애 체험 프로그램을 마친 후 아빠의 이야기를 듣는 시간이 있었는데, 아빠는 학생들에게 장애를 갖기 전 나의 삶과 장애인으로서의 나의 삶, 다시 무대에 오르기까지의 과정을 준비한 영상을 보여 주며 설명해 주었지. 그리고 강연이 끝난 후, 아빠는 장애 체험을 한 느낌이 궁금해서 학생들에게 물어보았다. 대부분의 학생이 느낀 점은 "불편하고 힘들었다."였어. 어떤 부분이 힘들었냐고 다시 물으니 "눈을 가리고 걸으니 어디 부딪힐까 봐 무서웠고, 휠체어를 혼자 미니까 팔이 많이 아팠고, 아무튼 엄청 힘들었다."라는 대답이었다. 아빠는 그저 육체적으로 힘든 것뿐이지 정신적으로 힘든 건 이해 못 하는 것 같아 조금 섭섭했다. 물론 짧은 시간 동안 몇 번의 체험만으로 장애에 대한 모든 것을 이해하기엔 부족함이 있었지만, 육체적으로 다리가 아프고, 팔이 아프고, 눈을 가려 불편했다는 반응보다는 외로웠다, 차별이 느껴졌다는 대답을 내심 기대했기 때문이야.

선물아. 휠체어를 타고 대중교통을 이용해 약속 장소까지 간다는 것, 집 앞을 나와 버스정류장 또는 지하철역까지 가는 길은 결코 만만치 않다. 그래도 참고 가야 한다. 그리고 사람 많은 버스정류장에서 줄 서서 기다리다가 내가 원하는 버스를 탄다는 것도 쉬운 일은 아니다. 맨 앞에 자리를 잡고 버스 기사 아저씨에게 "휠체어를 타고 있으니 뒷문 열고 슬로프를 내려 주세요."라고 손짓 눈짓을 해가며 설명해야 하고, 뒷문에서 도로 턱까지 연결하는 슬로프가 나오더라도 그 사이에 뒷문으로 올라타는 사람들, 또 몸도 불편한 사람이 바쁜데 왜 시간을 끄는지 모르겠다며 짜증내는 사람들, 안타까운 마음에 혀를 쯧쯧 차는 사람들, 구경거리인 양 낄낄거리며 쳐다보는 사람들…… 그래도 아빠는 참고 가야 한다.

물론 다른 사람들도 육체적으로는 힘들 것이다. 휠체어를 이용하지 않더라도 대중교통을 이용해서 어딘가를 갈 땐 다들 육체적으로 힘들 수 있다. 하지만 나 혼자라는 생각은 갖지 않을 거야. 나랏일 하시는 분들도 몇 분이 휠체어를 경험하시고는 힘들어서 혼났다며 인터뷰한 모습을 본 적이 있다. 아빠는 육체적으로 힘든 건 견딜 수 있지만, 정신적인 외로움과 차별이 견디기 힘들더라. 장애를 갖고 사는 데 제일 힘든 것은 바로 외로움과 차별이다.

선물아.

아빠의 또 다른 꿈을 이루게 해준 주인공들은 아빠의 친구들이다. 그 중에 장애인은 한 명도 없어, 아빠밖에는. 하지만 나머지 친구들이 아빠를 위해서 휠체어 춤을 춰주었다. 그리고 이 친구들이 아이디어를 내서 휠체어를 타고 클럽에도 갔단다.

하루는 약속을 했어. "휠체어에서 내리기 없기다? 원래도 휠체어 타니까 휠체어에서 내리기 없기." 그래서 한 일곱 명이 휠체어를 타고 지하철, 버스, 택시, 힘들게 옮겨 타면서 클럽에 가서 술도 마시고, 춤도 추고, 그랬었지.

선물아, 이런 얘기가 있어. '휠체어 장애인이 힘들게 비를 맞으면서 휠체어를 타고 갈 때, 뒤에서 밀어 주는 사람도 고맙지만, 그것보다는 같이 휠체어를 타고 비를 맞아 줄 친구가 필요하다.'

지난번에도 얘기했듯이 아빠는 '부정-분노-좌절-수용' 이 단계까지 딱 5년이 걸렸다. 그리고 다시 클론으로 돌아왔고, 100% 강원래가 됐단다. 아빠는 박태환 선수처럼 수영을 잘하는 것도 아니고, 김연아 선수처럼 스케이트를 잘 타는 것도 아니야. 아빠는 강원래고, 강원래가 생각하는 대로, 강원래가 꿈꾸는 대로 앞으로도 살아갈 거란다. 아빠는 운전도 스스로 하고, 라디오 진행도 하고 있고, 댄스학원에서 학생들 춤도 가르치고, 강연도 하고, 학교에서 학생들에게 여러 가지 공부도 가르치고, 아주 바쁘게 잘 살고 있다.

그리고 아빠는 장애인들을 모아서 '꿍따리유랑단'이라는 공연을 하고 있는데, '꿍따리유랑단'에는 청각 장애인 댄서도 있고, 시각 장애인 연출가와 가수도 있고, 아주 다양한 친구들이 있다. 아직 지적 장애인이나 뇌성마비 장애인은 우리가 캐스팅을 못했지만, 그렇게 개성 있는 친구들을 다 모아서 재밌는 공연을 시작한 지 벌써 6년이 되었단다.

장애라는 건 하나의 개성이야, 개성. 장애 때문에 못한다는 건 우리가 어렸을 때 잘못 배운 교육이기 때문에 그런 거다. '몸이 불편하니까 좀 집에 있어라.'라는 건 어떻게 보면 기분 나쁘게 들릴 수도 있겠지만, 그것도 어쩌면 상대방을 위해서 한 얘기일 수도 있어. 하지만 "야, 너 언제부터 장애인 됐냐." 또는 "너 안 힘드냐?" 그런 얘기보다는 "어~ 되게 잘생겼네?" 이런 얘기가 더 듣기 좋지 않을까? "어머, 강원래 씨. 아직 못 걸어요? 어떡해." 물론 이게 욕은 아니지만 당사자들은 들으면 굉장히 기분이 나쁠 수 있다는 것을 생각해 주면 좋을 것 같아. 그리고 우리 부모님 중에, 우리 친구 중에 누가 장애를 갖고 있더라도 그냥 개성으로 받아들이면 더욱 좋겠다.

" 어린 시절의 나처럼 춤 출 공간이 필요한 아이들을 위해
댄스학원을 운영 중이란다. **"**

" 꿈과 희망을 전하는 꿈따리유랑단 **"**

✿ 용기와 희망을 주고 싶은 꿍따리유랑단

선물아.

아빠가 하고 있는 꿍따리유랑단 공연은 장애가 있지만 열심히 살고 있는 친구들이 말썽꾸러기들(보호관찰을 받는 청소년과 소년원생들)에게 "장애를 가진 우리도 편견에 맞서 열심히 살려고 노력하는데 몸도 마음도 건강한 너희들은 지금 뭐하고 있니?"라는 메시지를 전달하고자 시작된 공연이야. 공연 줄거리는 이렇다.

2000년 11월, 오토바이 사고로 중도 장애를 갖게 되어 집안에만 처박혀 지내던 강원래에게 2004년 보호관찰소에서 폭주족들에게 강연을 해달라는 한 통의 메일이 온다. 휠체어를 탄 초라한 모습을 폭주족 청소년에게 보여 주기 싫었던 강원래는 그 제의를 거절한다. 하지만 계속된 설득에 결국 승낙을 하게 되고, 강연장에서 보호관찰을 받는 말썽꾸러기들을 만나게 되었다. 그날 강원래는 그들의 모습을 통해 예전 자기의 모습을 발견하고, 1년에 10회씩 전국을 돌며 강연을 하겠다고 약속한다. 하지만 강연에 익숙하지 않은 데다 별다른 실효성을 느끼지 못했던 그는 말만 앞서는 강연보다는 자신이 그동안 무대를 통해 해왔던 재밌는 공연을 기획하게 된다.

강원래가 다시 휠체어타기까지, 그러니까 장애를 인정하기까지 도움을

주고 자극을 주었던 재능 있는 장애인들을 모아 공연을 만들었고, 2008
년부터 법무부의 지원을 받아 시작해 2014년, 지금까지 이어 오고 있
다. 전과자는 언젠간 또 범죄를 지을 것이라는 편견 때문에 그들이 가
족과 사회로의 복귀와 재활에 적응을 못하는 경우도 있을 것 같다는 생
각에, 불쌍하고 혼자서는 아무것도 못하고 평생 도움을 받아야만 하는
존재라는 편견을 받으며 사는 장애인들이 재소자 앞에서 자신의 꿈을
이야기하는 공연을 하면 어떨까 하는 생각을 했어. 편견과 소외를 느끼
는 감옥 밖의 사람과 감옥 안의 사람, 몸과 마음이 불편한 제소자와 장
애인들도 꿈을 이루기 위해 최선을 다하는 모습에서 '마음은 조금 불편
하지만 건강한 몸을 갖고 있는 재소자들도 다시 꿈을 갖고 새 출발을
한다면 언젠간 꼭 꿈을 이룰 것이다.'라는 의미에서 실화를 바탕으로 기
획하게 되었단다.

대본은 꿍따리유랑단에 출연하는 장애인들이 자신의 이야기를 자연스
럽게 연결하는 형식으로 만들었고, 완벽한 무대와 조명, 음향 등도 없
었지만 공연을 보는 내내 어리숙해도 열심히 하는 장애인들의 모습에
보호관찰생과 소년원생, 재소자들은 가슴 속에 뜨거운 감동을 느낄 거
라고 생각했다. 주인공들은 바로 이런 인물들이야.

강원래: 1996년, 구준엽과 함께 클론이라는 팀을 구성하여 〈꿍따리샤
바라〉라는 신나는 댄스곡으로 국민가수 대열에 합류하여 큰 인기를 얻
고, 대만, 중국, 싱가폴 등 아시아권으로 활동 영역을 넓혀 활동 중 오

토바이 사고로 하반신 마비가 되어 모든 걸 포기한 채 휠체어를 타고 천천히 집 밖으로 나오려고 한다.

한팔 격투기 챔피언: 6살 때 장난으로 농기계를 만지다 오른팔이 끌려 들어가 한 손이 절단되는 바람에 장애인이 되었고, 어린 시절 내내 놀림을 받으며 방황하다 우연히 무에타이를 배우게 되었다. 그 후 노력 끝에 무에타이 웰터급 한국챔피언이 되었으며, 현재 무에타이 지도자의 길을 걷고 있다. 강원래보다 나이는 어리지만 장애인으론 선배이기에 강원래에게 조언자로 등장한다.

인기가수: 강원래가 소속되어 있던 유명기획사의 인기가수로 활동하던 중 무리한 연습 때문에 연축성 발성 장애를 갖게 되어 더 이상 맑은 목소리와 정확한 음정을 낼 수 없게 되었다. 강원래의 꿍따리유랑단에 합류하면 어떻겠냐는 권유에 "내가 너네 같은 병신인 줄 알아? 나 아직 죽지 않았어."라며 대들지만, 결국 자신의 장애를 인정하고 음정은 불안하지만 진심이 담긴 노래를 부르며 눈물을 흘린다.

키 작은 트로트 가수: 키 작은, 다리 짧은 강아지들은 귀여워하면서 사람이 다리가 짧고 키가 작으면 왜 혐오스러워하고 멀리하는지……. 자기를 쳐다보고 놀리는 건 익숙해져 괜찮지만, 친동생에게 난쟁이라고 놀리는 건 참을 수 없어 하는 인물이다.

휠체어 소녀: 장애인 오빠에게 휠체어 타는 방법을 배운 비장애 소녀. 휠체어는 장애인의 상징이 아니라고 말하며 휠체어를 타고 농구도 하고, 휠체어 댄스도 추고 싶다는 당당한 여중학생이다.

청각 장애 댄서 지망생: 소리는 듣지 못하지만, 진동으로 음악을 느끼며 그 진동에 맞춰 춤을 준비해온 댄서 지망생이다.

성대모사의 달인: 대한민국 역대 대통령 성대모사만큼은 세계에서 제일이라고 자랑하는 시각 장애인이다. 독도가 일본 땅이라고 우기는 일본총리들에게 욕 한마디를 시원하게 대통령 성대모사로 풀어낸다.

건방진 한 손 마술사: 마술 연습 도중 화약물 폭발사고로 인해 오른손의 절반을 잃었지만, 끝까지 포기하지 않고 연습에 연습을 거듭해 한 손은 주머니에 넣고 한 손으로 멋진 마술을 보여 준다. 그래서 얻은 별명이 '건방진 한 손 마술사'. 자신의 사고와 재기가 담긴 이야기를 마술로 전개한다.

선물아. 아빠는 우리 단원들과 함께 꿍따리유랑단 공연을 열심히 기획하고, 만들고, 땀 흘리며 연습해서 90분의 full 공연으로 탄생시켰단다. 처음에는 문화예술위원회에서 지원을 해 주고, 법무부에서도 후원을 해 주어 각 지역에 있는 소년원과 보호관찰소를 다니면서 지금까지 60회 정도 공연을 해왔단다. 물론 공연을 이어오면서 금전적으로나 정신적으로도 여러 가지 힘든 일을 많이 겪긴 했지만, 그래도 보람을 느낄 때가 많이 있었다.

한 번은 우리가 직접 다큐 영화를 찍으려고 촬영을 한 적이 있었어. 소년원에 갔을 때였는데, 인상을 쓰고 있는 한 아이에게 공연이 어떨 거 같냐고 물어봤지. 그랬더니 "장애인들 뻔하죠. 뭐, 시간 때우는 거죠." 이런 식으로 인터뷰를 하더라. 그런데 공연이 끝나고 다시 그 친구를 만나서 재밌었냐고 물어 봤더니, "너무 감동적이었어요. 장애인들도 저렇게 열심히 사는데 나는 뭘 했나, 그동안 열심히 살았나, 그런 생각이 들면서 되게 반성하게 됐습니다."라고 하더라. 그런 얘기를 들을 때, 아빠는 많은 보람을 느낀단다. 그리고 소년원에서 만난 한 여자아이는 자기도 앞으로 꿈을 가지고 미용사 자격증을 따야겠다고 결심했고, 메일도 몇 통 아빠에게 보냈다고 했어. 그럴 때도 아빠 참 뿌듯한 기분이 든다. 돈 많이 벌고, 박수 많이 받는 그런 일도 물론 보람이 됐지만, 사람들의 변화? 그런 것을 직접 보고 느끼는 것도 굉장히 큰 보람이란다.

🌿 어제와 다른 오늘,
오늘과 다를 내일을 위하여

선물아.

아빠는 기회가 된다면 꿍따리유랑단 '인형'도 만들고 싶다. 사람들의 캐릭터가 담겨 있는 인형 말이야. 어렸을 때부터 호랑이, 곰 인형을 가지고 논 아이들은 동물에 대해서 친근하게 생각하고 큰 두려움이 없듯이 아이들이 한 손이 없는 인형을 갖고 놀면서 자란다면 장애인에 대한 편견도 없어지지 않을까? 휠체어를 타고 있는 인형을 꼭 매일 끌어안고 잔다면 휠체어에 대한 편견도 없어질 거고. 그래서 꿍따리유랑단 인형도 만들어 보고 싶은 게 아빠의 소망이다.

선물아. 아빠는 이렇게 장애를 가진 친구들과 공연을 하고 있는데, 법이라는 것도 만들었으면 제대로 좀 지켰으면 좋겠다는 생각을 한다. 장애인 차별 금지법이라는 것도 만들었는데, 사실 기업이 어느 정도 장애인을 고용해야 된다는 그런 정책을 정부가 만들어놨잖아. 그런데 이걸 대부분 잘 안 지킨다. 세금 내고 말지 하는 정도란 말이지. 그렇다면 장애인들의 고용이 더 잘 되도록 세금을 좀 더 세게, 많이 내게 하면 그래도 지키려고 더 노력하지 않을까.

아빠는 장애인들에게 있어 최고의 재활은 일이라고 생각해. 급여도 물론 공평하게 받아야겠지만, 급여가 적더라도 일이 있어야 만나고, 싸우

宣:SUN:SON

고, 헤어지고, 또 술 한잔 마시고, 화해하고, 사랑이 싹트고……. 이 모든 게 일이 있어야 가능한 거잖아. 그리고 꿈따리유랑단 친구들이 제일 많이 바라는 건 어렸을 때부터 조금이라도 장애에 대한 인식을 가져야 된다는 거야. 내 친구가 안 들릴 때 어떤 행동을 하는지, 내 친구가 휠체어를 탔을 때 화장실은 어떻게 가는지, 내 친구가 앞을 못 볼 때 TV는 어떻게 보는지, 그걸 어렸을 때부터 배웠다면 어떻게 됐을까? 그런 통합교육이 되어서 장애에 대한 편견이 서서히 없어졌으면 좋겠다. 예를 들어, 'TV 유치원'이라든가 그런 어린이 프로그램에 장애인 학생이 한 명이라도 나와서 같이 춤도 추고, 노래도 부를 수 있게끔 차별을 받지 않았으면 좋겠다는 거다.

그리고 우리 공연 중에 대사에도 나오지만, "제가 불쌍합니까? 제가 아무것도 못할까요?"라고 아빠가 사람들에게 물어 보면, 사람들이 대개 아니라고 대답하거든? 아빠는 그래도 교육을 받았기 때문에 한남대교가 어디 있는지, 여의도 커피숍이 어디 있는지 아니까 갈 수 있지만, 그런 걸 모르고 자란 친구들이 워낙 많기 때문에 장애인들도 어렸을 때부터 교육적으로도 소외되지 않았으면 좋겠다는 생각이 든다.

선물아. 아빠는 우리 장애인 친구들에게 한마디 하고 싶어.

"여러분! 우리는 우리를 보여 줘야 돼요. 왜, 뭣 때문에 우리가 못 나오는지, 무엇 때문에 우리가 불편한지 보여 줘야 된다는 거죠. 물론 저보다 더 먼저 장애를 가지고 그렇게 부딪치고 사회 운동을 하고 투쟁을 했던 사람들이 있었기 때문에 제가 이렇게 편하게 지내는 거지만, 좀 더 우리가 먼저 보여 줘야 될 것 같아요. 불평보다는 우리가 먼저 보여 줘야 된다는 거죠. 많이 나왔으면 좋겠어요. 길거리로 나오세요, 여러분."

아빠의 꿈은 여기서 끝난 것이 아니다. 아빠는 앞으로도 꿈이 있거든. 준엽이 아저씨와 함께 클론의 모습으로 다시 무대에 나오는 게 꿈이고, 요즘 인기 많은 아이돌 친구들과 함께 어깨를 나란히 할 수 있는 그런 댄스 팀, 댄스 그룹으로 거듭나길 바라고 있어. 그리고 아빠가 지금 공연하고 있는 '꿍따리유랑단' 공연을 '노트르담 드 파리'라든가 '로미오와 줄리엣'처럼 아주 유명한 뮤지컬로 만들어서 뉴욕 브로드웨이에서 공연하는 것도 꿈이다. 지금 아빠가 연극영화과에서 대학생으로 공부하고 있는데, 아주 유명한 감독으로 '강원래'라는 제목의 뮤지컬을 한 편 만들어 보고 싶 꿈도 있고, 이외에도 여러 가지 꿈이 굉장히 많이 있어.

하지만 선물아. 꼭 이루어져야만 행복한 꿈이라고 생각하지는 않는다. 안 이루어져도 돼. 그저 그 꿈을 위해서 재미있게 살아간다는 것이 정말 신 나는 일 아니겠니? '아, 난 꿈이 없어. 오늘이 내일이고, 내일이 오늘이야.' 하는 것보다는 '그래. 오늘은 이것 이것을 해야지. 왜냐면 나중에 내가 이렇게 될 거니까.'라는 자신감으로 아빠는 아직도 최고의 날라리가 되기 위해서 열심히 살고 있다.

옛말에 그런 말이 있지? '마음이 울적하고 답답할 때 꿍따리 샤바라처럼 재밌게 살라고.' 아빠는 강원래로 열심히 살아갈 테니까, 선물이도 그리고 이 글을 읽고 있는 많은 분들도 한 편의 인생을 영화처럼 해피엔딩으로 만드는 그런 재밌는 삶을 살기를 아빠는 바란다.

장애를 받아들인
나의 남편

선물아.

엄마는 사실 사고가 있기 전까지는 장애에 대해 많은 생각을 안 하고 살았다. TV에 나오면 막연히 안쓰럽다는 생각만 가졌거든. 지금은 좀 괜찮아졌지만 불과 2~3년 전까지만 해도 엄마가 너무 힘들었던 점은 바로 아빠가 장애인이라는 사실을 못 받아들인다는 거였어. 아빠는 엄마에게 여전히 사랑하는 오빠이고, 내 애인이고, 소중한 사람이니까.

'아, 현실이구나, 아, 이제 장애인이 됐구나.' 하는 것을 언제 느끼느냐 하면, 아빠의 뒷모습을 볼 때야, 휠체어를 타고 있는 그 뒷모습. 처음엔 그 모습을 마음이 아파서 못 보겠더라. 엄마가 휠체어를 끌거나 같이 손 잡고 갈 때는 못 느끼는데, 아빠가 혼자 앞에 가는 모습을 보면 억장이 무너지는 그런 기분을 아주 오래 겪었어. 그래서 연민도 있고, 동정도 있고, 안쓰러운 마음도 있단다. 한동안 그런 감정들 때문에 너무 힘들었어. 그런데 그 감정을 엄마만 느낀 게 아니었더라. 선물이 이모도 언젠가 한 번 그런 얘기를 했어. 재작년 여름인가? 차를 타고 지나가는 데 어디서 많이 보던 사람이 전동 휠체어를 타고 지나가는 모습을 보고 눈물이 날 뻔 했다는 거야. 정말 그 마음은 가족들만이 느끼는 감정인

거 같아. 할머니도 표현은 안 하시지만, 그런 감정을 느끼셨겠지?

지금은 엄마가 크게 걱정하지 않지만, 초기에만 해도 엄마가 동행하지 않는 자리에 아빠가 갈 때면 걱정이 참 많이 됐어. 예전에 아빠가 장애인 동호회에 자주 나갔는데, 아빠는 그 모임에서 많은 장애인들을 만날 때마다 '아, 나만 겪는 게 아니구나. 나보다 더한 사람들도 행복하게 잘 사는구나.'를 느끼고 많은 힘을 얻었다고 해. 그런데 모임에 가면 술이 빠질 수 없잖아. 아빠는 분명히 여기저기서 주는 술을 다 받아 마시고, 금방 취해 술주정을 부릴 것 같다는 생각에 엄마는 그런 날이면 밤새도록 잠도 못 자고 걱정을 했어. 물론 다투기도 많이 했지. 하지만 그 모든 것들은 시간이 해결해 주더라. 지금은 아빠가 자제를 해서 그런 모임에 가도 기분 좋을 만큼만 마시고, 기분 좋게 돌아온단다.

이제는 씩씩하게 혼자 휠체어를 밀고 가는 아빠를 봐도 웃을 수 있어. 아빠에게 필요한 건 엄마가 돌아서서 눈물을 훔치는 게 아니라 "잘 다녀와!" 하면서 응원해 주는 모습이라는 것을 아니까.

장애인처럼 보이면
안 되나?

"넌 장애인처럼 안보이고 정상인(비장애인)처럼 보여.

네가 무슨 장애인이야? 힘내라."

선문아.

이런 표현은 사실 자기도 모르는 사이에 이미 장애인을 비하하는 뜻을 담고 있단다. 장애인들에게 상처를 주는 말이지만, 응원과 격려를 줄 것 같다는 생각에 무심코 이렇게 말하는 사람들이 간혹 있어. 그럼 장애인들은 장애인처럼 보이지 말고 비장애인(정상인)처럼 보이기 위해 노력해야 하나?

사람들은(때론 나도 포함) 장애인은 항상 아프고 병을 앓고 슬퍼 보이고 교육도 못 받았고 능력도 없기에 일도 못하고 누군가에게 평생 의지하여 도움을 받아야 하는 동정의 대상이라는 편견을 갖고 있다. 물론 몸과 마음이 불편해서 도움을 받는 경우가 있기는 하지만, 조금의 배려만 있으면 일상생활이 가능한 장애인이 많다. 그런데 왜 장애인에게 멀쩡해 보이도록 강요하는 걸까? 그 '멀쩡함'을 왜 칭찬으로 오해하고 있을까?

2004년으로 기억된다. 장애 관련 단체들이 모여서 장차법(장애인 차별 및 권리 구제 등에 관한 법률)과 관련해 후원금도 모으고, 취지도 알리자는 뜻으로 여의도에서 일일호프를 연 적이 있었어. 아빠는 그곳에 초청을 받아서 참석했었다. 그곳에 온 많은 장애인들과 인사를 나누며 한 잔, 두 잔 취해 갈 무렵, 누군가 마이크를 잡고 그곳에 참석한 장애인

단체 대표들과 후원인, 유명인을 소개해나갔어.

아빠를 초대한 박경석 씨(당시 장애 이동권 연대 공동대표) 외에는 아는 사람이 없었고, 처음 보는 사람들이 많았기에 '그냥 그런가 보다.' 하며 지켜보고 있는데, 사회자가 갑자기 아빠를 쳐다보며 "오늘 이곳에 장애인 같지 않은 분이 한 분 오셨습니다. 유명가수 강원래 씨입니다. 박수로 모실게요." 하는 거야.

아빠는 얼떨결에 웃으며 인사하고 들어온 뒤 곰곰이 생각을 해 봤다. 왜 날 장애인 같지 않다고 소개했을까? 장애인 차별 금지법을 만들기 위해 노력과 투쟁을 하는 분들이 왜 나를 차별하는 걸까?

아빠는 대한민국 장애인 복지법 제32조에 의한 지체장애1급의 장애를 가진 장애인이다. 분명 아빠가 가진 장애는 하반신 마비이고, 아빠는 이동을 위해서는 평생 휠체어에 의지해야 한다. 그런데 왜 나에게 "장애인 같지 않다."라는 말을 할까? 어떻게 보여야 내가 장애인처럼 보일까? 장애인 같은 거란 어떤 걸까? 몇몇 사람들이 아빠더러 장애인된 지 얼마 안 되었으면서 뭘 그리 힘든 척 하냐며 태어날 때부터 장애를 가진 사람들이 얼마나 많은데 인기에 돈에 친구에 가족까지 모든 면에서 넉넉한 사람이 무슨 장애인이냐고 말한다. 그러니까 그들의 논리대로라면 '유명한 스타가 어떻게 장애인이냐?'라는 것이다. 그렇다면 휠체어를 타고 있는 지금의 나, 강원래는 인기 연예인인가?

나, 강원래. 난 장애인이다. 또 연예인이다. 연예인은 직업이고, 장애인은 신체적 또는 정신적 결함이니 애초에 성질이 달라 비교할 수 없는 것임에도 장애를 가진 지 10년이 넘은 나에게 혹자는 "강원래는 연예인이지 장애인이 아니다."라는 말을 아직도 한다. 연예인들 사이에서는 휠체어 신세인 내가 과연 교통사고 전처럼 화려한 의상을 입고 춤추고 노래 부르며 무대 위를 펄펄 날아다닐 수 있을까 하는 생각을 하면서 측은한 시선을 보내고 있는 게 사실이지만, 아빠는 무대 위에서 휠체어를 타고 노래하며 춤을 춘다. 인기 연예인에게 겸손함과 친근함을 칭찬하기 위해 연예인 같지 않다는 표현을 흔히 하는데, 연예인 같지 않다면 기분이 좋고, 장애인 같지 않다는 말은 왜 기분이 나쁜 걸까?

아빠는 장애인이 된 지 10년이 훌쩍 넘었다. 지난 14년 동안 힘들어서 넘어진 적도 많았고, 포기한 적도 많았기에 눈물도 참 많이 흘렸다. 하지만 그때마다 다시 일어나려고 노력했고, 매사 최선을 다하려고 지금도 노력 중이다. 장애에 대해서, 인생에 대해서는 여전히 잘 알 수 없지만, 장애 14년차, 인생 44년차(만으로) 강원래가 내린 결론은, '장애인 강원래'나 '연예인 강원래'도 좋지만, 난 그냥 '강원래'로 살기로 마음먹었다는 거다. 난 '나'이지 내게 달린 한 단어의 꼬리표로 정해지는 '그 누구'가 아니라는 말이다. 어제도 오늘도 내일도 아빠는 그냥 강원래일 뿐이다.

그런데 선물아. 장애인처럼 보이지 않는다 해도 기분 나쁘고, 장애인처럼 보인다 해도 기분 나쁘다는 것은 참 또 하나의 불편한 진실인 것 같구나.

선문아.

예전에 아빠가 운영하는 강릉의 클론댄스 학원생들(태풍소년들)과 함께
밤늦게까지 춤 연습을 하다 야식 먹기 전에 기념촬영을 한 적이 있다.

"자, 웃으며 한 장! 이번엔 웃긴 표정으로 한 장 더!"

그렇게 사진을 찍고 나니 학원생들이 "어떻게 나왔어요?"라며 사진을
확인하더니 서로의 표정을 보며, "바보 같다." "아냐, 내 표정이 진짜 바
보 같아." "내가 더 웃겨." "송이 누나는 원숭이 같아…… 하하."라며 웃
었다.

식사를 마치고 학원생들이 계속 춤 연습을 하는 동안 아빠는 "바보 같
다. 하하."라는 말에 그 사진의 표정을 보며 잠시 생각해 봤다. '이게 웃
긴 표정일까? 왜 이런 표정을 웃기다고 생각할까? 어른들도 웃긴 표정
하면 이런 표정을 지을까? 원숭이 흉내를 내며 찍었는데 원숭이가 인간
에게 웃긴 존재일까? 바보 표정은 어떤 표정일까? 바보는 어떤 사람을
두고 바보라 할까? 보통 사람보다 지적 능력이 떨어지는 사람? 수줍음
이 많아 다른 사람들과 쉽게 친해질 수 없는 자폐성 장애를 가진 사람
일까?' 사진 속 아이들의 일그러진 표정은 한 뇌성마비(뇌병변) 장애인
을 흉내 낸 듯했다.

강원도 강릉의 태풍 소년들

"하나! 둘! 셋! 넷!"을 외쳐가며 열심히 춤 연습을 하는 학원생들에게 아빠는 "사진 속의 표정…… 왜 이런 표정을 지었어? 이 표정이 왜 웃긴다고 생각해? 이런 표정 짓는 사람을 바보라고 하나? 왜 바보는 웃겨? 바보 표정은 누가 가르쳐준 거야? 표정이 일그러지는, 대화하는 데 불편함이 있는 뇌성마비 장애는 지적 능력과는 상관없다는데?"라며 여러 질문을 하고 싶었지만, 물어보지 못했다. 그리고 휴대폰에 찍힌 사진과 아이들의 춤추는 뒷모습만 멍하니 쳐다봤다.

그 이유는 "장애인이기에 괜한 피해의식 때문에 이런 질문하나?" 또 "그냥 웃자고 한 표정을 죽자고 비판하며 심각하게 받아 들이나?" "왜 예능을 다큐로 만드냐?"라는 식으로 비웃을 것 같아서였다. 그동안 코미디언이 바보 흉내로 웃음을 줘서 바보 표정이 웃긴 표정이라고 생각하며 익숙해진 걸까? 아빠 역시 바보 캐릭터로 우리에게 웃음을 주었던 영구, 맹구, 오서방의 팬이다. 특히 맹구의 모습은 많은 웃음과 재미를 줬기에 지금도 그의 컴백을 기다리고 있다. 아빠도 사실 바보가 뭔지 바보의 표정이 뭔지 모른다. 그냥 어려서부터 바보는 일반 사람과 같이 평범하지 않기에 웃기다고 학습이 되었던 것 같다. 특히 일그러진 얼굴 표정을 지으며 절룩거리는 걸음걸이에 우린 크게 웃었던 것 같은데, 그 모습을 지켜보는 장애인들과 그의 가족들의 마음은 어땠을까? 그리 편하지만은 않았을 것 같구나. 우린 어려서부터 장애를 가진 친구들을 바보라 놀리며 웃음거리로만 생각했기에 '웃긴 표정' 하면 이들의 표정을 별 생각 없이 따라했던 것 같다.

보통 사람들과 다른 표정이나 몸동작, 걸음걸이로 웃음을 주는 해외 코미디언(?)들도 있지. 영국의 유명 영화배우이자 영화감독인 '찰리 채플린'이나 '미스터빈' 역시 재치 넘치는 스토리에 특이한 표정과 몸동작으로 우리에게 많은 웃음과 감동을 주었고, 많은 코미디언에게 '코미디란 어떤 것인가'라는 영감을 주기도 했다. 팔다리가 없는 레슬링 선수 '더스틴 카터(미국)'는 다리가 없어서 걷기보다는 가끔 데굴데굴 구른다. '닉부이치치(호주)'는 태어날 때부터 팔다리가 없었고, 어른의 손바닥만

한 왼발을 갖고 살지만, "난 지금 행복한 삶을 즐기며 살고 있다."라고 전 세계를 돌며 희망의 강연을 전하고 있다. 22살 때 루게릭 병 진단을 받은 '스티븐 호킹(영국)'은 갈릴레이, 뉴턴, 아인슈타인의 업적을 이어 가는 세계적 물리학자이다.

그들의 삶을 어렸을 때부터 가까이서 봤다면, 그들의 아픔, 차별 또 노력을 공감한다면, 코미디 소재로 사용되는 그들의 표정, 몸짓, 생각이 불편하지 않고 자연스럽게 느껴지지 않을까 한다.

❦ 꿈과 희망이 부서졌을 때

선문아.

살다 보면 꿈과 희망이 파도처럼 부서지면서 용기도 힘도 좌절도 경험하는 순간이 너에게도 한 번쯤은 반드시 올 거다. 그럴 때 지금 해 주는 아빠의 이 말을 잘 생각해 보렴.

아빠는 초등학교 시절부터 춤을 좋아했단다. 당시 세계적인 스타, 마이클잭슨의 춤을 흉내 내다 보니 다른 친구들보다 잘한다는 칭찬을 듣게 됐지. 20대 초반부터 방송 댄서로 일하게 됐는데, 다른 동료들보다 춤을 잘 춘다고 인정도 받았고, 클론으로 데뷔한 후에도 히트곡과 유행 춤으로 자신감이 늘 충만했었어. 이대로 계속 춤으로, 신 나는 음악으로 많은 유행을 만들어낼 거라는 자신감이 넘쳐흐를 때 아빠는 교통사고를 당했다. 아빠는 다른 건 몰라도 춤을 춰야 하니까 절룩거리더라도 한 쪽 다리만이라도 좋으니 움직일 수 있게 수술을 해달라고 의사선생님들에게 부탁했다. 하지만 완전 마비라는 장애 판정을 받게 된 후, 감각도 없고, 내 스스로의 힘으로는 움직일 수도 없는 다리를 만져가며 또 때려가며 몰래 눈물 흘렸던 기억이 많이 나는구나.

춤을 어떻게 출까, 무대에 어떻게 올라갈까라는 생각보다는 휠체어를 타고 어떻게 살 것인가에 대한 고민이 더 많았다. 하지만 신은 인간에게 견딜 수 있을 만큼의 고통만 준다고 했듯이 시간이 지나면서 이 상

황들이 내 몸에 익숙해지기 시작했고, 꼴도 보기 싫었던 휠체어를 아빠가 직접 타고 움직이기 시작했고, 움직이기 시작하면서 나와 같은 장애인을 만났고, 나에게만 왜 이런 불행이 찾아왔을까 했던 생각이 조금씩 바뀌기 시작했다. 나보다 더 힘들고 어려운 상태에서도 꿈을 잃지 않고 최선을 다해 하루하루 살아가는 그들의 모습을 보면서 아빠는 많은 반성을 하게 되었단다.

버스정류장에서 몇 번 버스가 오는지 알려달라며 웃으며 말하는 시각 장애인. 그들은 식사할 때면 아빠에게 어떤 반찬이 있고, 어디에 있는지 묻곤 했다. 아빠는 이쪽에 이런 저런 반찬이 있다고 설명했는데, 그 친구는 "이 쪽이 오른쪽이야 왼쪽이야? 이왕 가르쳐 줄 거면 내가 앉은 방향에서 몇 시 방향인지 알려주는 게 더 편해."라고 말했다. 소리를 전혀 듣지 못하는 청각 장애인에게 말을 건네는 것 역시 어려웠다. 아니, 어렵다기보다는 방법을 몰랐다는 게 맞는 말일 거야. 수화를 못해서 어떻게 의사소통을 해야 하나 망설일 때 그 청각 장애인은 작은 수첩을 꺼내더니 하고 싶은 말을 글로 적으라 했고, 그제야 아빠는 '미안하다. 이렇게 대화가 가능하네?'라며 웃음을 보였던 기억도 있다. 심지어는 전기 감전사고로 양손이 절단된 절단 장애인과 함께 맥주를 한잔 나눈 적이 있었는데, 이 친구가 아빠에게 부탁 좀 한다며 화장실 좀 같이 가 달라고 했다. 아빠는 '손이 없기에 화장실 문을 못 여는구나.'라고 생각했지. 그런데 막상 가서 아빠가 도와준 건 바지 지퍼를 내려주고 소변 보는 걸 도와주는 거였다.

선물아. 아빠는 걷지 못하기에 예전처럼 화려한 몸동작의 춤은 못 추지만, 아빠가 가진 여러 가지 능력으로 누군가에게 도움을 줄 수 있어서 기쁘다. 그리고 손을 쓸 수 있기에 휠체어를 타고 무대에서 신나게 춤을 출 수도 있겠다는 자신감을 갖게 되었다. 그래서 아빠는 참 행복하단다.

선물아.

한때 아빠에게는 이런 문자들이 쏟아졌다. "원래 씨 이제부터라도 공부 열심히 해서 꿈을 이루세요."라는 내용의 문자야. 아빠가 연출을 공부하려는 학교에서 홍보대사를 맡아 달라고 해서 그렇게 하겠다고 했더니 대대적으로 홍보를 했나 봐. 여러 언론매체에서 "강원래의 새로운 도전"이란 타이틀로 기사를 썼고, 여기저기에서 "열심히 해라, 좋겠다, 어린 친구들과 공부하네, 불편하겠다, 다시 시작이군, 응원할게." 등의 문자들이 쏟아졌다.

26년 전, 그러니까 88학번으로 미대에 입학해 미술공부를 중도 포기한 아빠는 다시 공부를 하겠다는 생각으로 학교에 편입학 원서를 넣었다. 학교 측에서는 아빠를 반기며 학교에서 아빠 같은 사람들을 기다리고 있었는데, 공부하고 싶어도 방법을 잘 몰라서 공부를 못하는 사람이 있을 수도 있으니 학교를 홍보해 달라는 부탁을 했고, 그에 아빠도 흔쾌히 승낙을 했다.

아빠가 다니려는 사이버대학은 컴퓨터 모니터를 통해서 수업을 듣고 숙제를 메일로 보내는 학교였단다. 집에서 또는 스마트폰으로 어디서든 공부를 할 수 있는 학교라고 할 수 있지. 이 디지털 대학교는 내가 몇 년 전에 '나의 새로운 꿈'이란 주제로 특강을 했던 학교인데, 이곳에서 강사가 아닌 학생으로 아빠가 새 출발을 하게 된 거야. 그때 학생들에게 이런 강연을 했던 걸로 기억한다.

"학생들에겐 분명 꿈이 있을 거다. 어릴 적 꿨던 꿈을 지금 이룬 학생도 있을 거고, 그 꿈을 포기하고 새로운 꿈을 가진 학생도 있을 거다. 그렇다면 요 며칠, 아니 요 몇 달 동안 그 꿈을 이루기 위해서 노력해 본 적 있는지. 우리가 중·고등학교 시절에 쌍코피를 쏟으며 시험공부를 했던 것처럼 며칠씩 밤을 새며 그 꿈을 이루려고 노력해 본 적은 있는지. 학생들은 지금 뭘 위해 살고 있는지. 요즘 다들 재밌게 사는지. 꿈 없이 우리가 재밌게 살 수 있을까?"

아빠는 그렇게 학생들에게 꿈을 갖고 사는 게 행복한 삶이라 떠들었고, 아빠 역시 아빠가 가진 새로운 꿈을 노력해서 꼭 이루겠다고 이야기했었다. 그런데 그 후 아빠는 뭘 했을까?

아침에 일어나서 씻고 차를 몰고 KBS에 라디오 생방송을 하러 가고, 라디오 진행을 마치고 나면 공연 연습실로 가서 밥을 시켜 먹고, 꿍따리유랑단 배우들과 고스톱이나 치고, 그러다가 운동한답시고 수영장에 가서 수영하고, 집으로 돌아와 밥 먹고 컴퓨터 앞에 앉아 인터넷 기사나 기웃거리다 침대에 누워 TV를 보고 그러다 잠자고…… 생각해 보니 매일 이런 날의 반복이었구나.

사실 아빠도 이루지 못한 꿈이 많다. 그 중 하나는 어릴 적 처음 가졌던 꿈인데, 오래전 일이야. 어느 날 버스 안에서 동네에 사는 예쁜 여학생을 봤다. 한눈에 반하는 게 이런 것이구나 느끼며 저 예쁜 학생에게 '나의 존재를 어떻게 알릴까? 내가 제일 잘하는 게 뭘까? 저 친구 앞에서 춤을 춰볼까?' 이 생각 저 생각을 하다가 여학생 앞에서 춤을 추는 아빠 모습을 한 장면의 그림으로 머릿속에 떠올리게 됐다.

1. 버스 기사 아저씨가 음악 볼륨을 올린다.
   이 장면은 아저씨의 손이 카 오디오 볼륨을 돌리는 장면.
2. 여학생이 버스 기사 아저씨를 쳐다본다.
3. 버스 기사 아저씨가 나에게 손짓과 눈짓을 하면,
4. 내가 음악에 맞춰서 멋진 춤을 추고,
5. 내가 선동해서 버스 승객 모두가 함께 춤을 추다가
6. 나에게 박수와 환호를 지를 때쯤,
7. 여학생이 날 보며 살짝 미소를 띠는 표정

이런 그림을 상상하면서 이걸 한 편의 광고로 만들면 참 좋겠단 생각을 했었다. 그때부터 아빠의 관심은 뮤직비디오와 광고에 있었다. 그리고 당연히 아빠의 꿈은 CF감독이었지. 언젠가는 이런 영상을 꼭 만들어 봐야겠다는 다짐을 했었다. 지금은 뮤지컬 연출을 꿈꾸지만, 아빠에게도 꿈은 계속해서 성장하고 이어지고, 삶의 기쁨과 희망이 되고 있단다.

엄마의  편지

간절하고 소중했던
엄마의 바람

宣:SUN:SON

선물아.

엄마는 아빠의 교통사고 이후에 생각지도 못했던 전혀 새로운 삶을 살게 되면서 현모양처가 되고 싶었던 꿈이 무산된 것 같아 힘들었던 때도 있었지만, 지금은 아주 행복하단다. 그리고 또 하나의 간절한 바람이었던 2세를 위해 부랴부랴 어렵고 생소하기만 했던 시험관 아기를 시도하게 되었어.

솔직히 엄마는 그때까지도 세상은 내가 마음먹은 대로 다 될 줄 알았어. 세상이 내 뜻대로 되지 않는다는 것, 결코 호락호락하지 않다는 것을 여러 번의 시험관 시술 실패를 통해서 알게 되었지. 그때마다 아빠와 부딪히고 싸우면서 겪는 갈등 속에서 시간과 감정을 낭비하는 고통을 통해서 알게 된 것이 있다. 세상엔 결코 내 힘으로 안 되는 것들도 있는 거라고. 그 모든 것을 깨닫고 이렇게 내려놓기까지 5~6년의 힘든 과정이 필요했던 것 같아.

2001년도 크리스마스이브 날 새벽. 아빠가 중학생 때 다니던 교회 목사님과 극적으로 연락이 되어 바로 다음 날 처음 교회를 가게 된 날이었어. 두 달 정도를 주일마다 교회를 다니면서 우리는 시험관 아기 시도를 하기로 결정했고, 교회 목사님께 꼭 성공할 수 있도록 중보기도를 해달라고 요청했어. 그리고 하나님께 서원 기도를 했단다.

"시험관 꼭 성공하게 해 주신다면 교회 열심히 다니고 하나님을 믿을게요."

기도만 하면 당연히 모든 게 다 이루어지는 줄 알았지만, 주님은 절대 그냥 주시지 않았어. 기대, 오랜 고통과 기다림, 다툼과 갈등 그리고 내려놓음의 과정들이 반드시 필요했던 거지. 그래야만 생명의 소중함과 생명의 주인이 내가 아닌 하나님께만 있다는 것을 깨닫게 된다는 것을 엄마는 처음으로 알게 되었단다.

첫 번째 시험관 아기 시도가 실패로 돌아갔을 때 엄마는 너무나 낙심했어. 그리고 그 이후로도 세 번 더 시도하는 과정 동안 아빠와 얼마나 많은 다툼이 있었는지 몰라. 실패의 원인을 엄마는 항상 아빠에게만 찾았고, 엄마는 무조건 희생하고 피해만 본다고 생각했던 때라 싸움의 연속일 수밖에 없었거든. 지금 생각해 보면 아빠와 엄마는 더 많은 대화를 가졌어야 했고, 서로를 위로해 주는 시간이 많이 필요했던 것 같구나. 하지만 원치 않았던 장애라는 현실을 엄마와 아빠는 그저 무방비 상태에서 받아들여야 했고, 거기에 시험관 아기 실패를 여러 번 겪으면서 서로 많이 지쳐 있었나봐. 그래서 엄마는 모든 실패의 원인을 장애인으로 살아가야 할 가장 힘들었을 아빠의 탓으로 돌렸던 것 같아. 대화가 부족했던 터라 아빠 역시 엄마의 힘든 하소연을 받아들이고 이해할 마음의 여유를 가질 수 없었을 거야.

너를 만나기까지 엄마는 마음뿐 아니라 몸도 무척 힘들었단다. 엄마는 직접 배에다 자가 주사(호르몬 주사, 난자를 많이 생성하게 하는 주사)를 맞아야 했거든. 어느 정도 자란 난자들을 채취하는 과정에서는 긴장한 탓에 수면마취가 하나도 되지 않아서 통증을 그대로 느꼈고, 울면서 시술을 받아야 했던 순간도 있었어. 이식을 한 후에 성공을 기다리는 과정 속에서도 기대하다가 실패하면 그 상처로 인해 또 다시 힘들어할 수밖에 없었어. 그러나 육체적으로 힘들었던 것보다 엄마는 혼자 희생하고 고생하고 있는데 아빠가 따뜻한 말 한마디나 격려, 위로의 말은 안 해주고 술만 마셔서 어느 순간 아빠가 미워지는 정신적인 고통 때문에 엄마는 나 자신을 너무 힘들게 했었단다.

지금 생각해 보면 아빠는 표현력이 부족했고, 또 너무 미안했기에 힘들어하는 엄마에게 위로의 말을 할 자신이 없었던 것 같아. 실패의 과정 속에서 속상한 마음을 술로 피하고 있었던 거라는 걸 시간이 많이 흐른 후에야 비로소 알게 되었지. 하지만 그때 엄마는 그것도 모르고 "나는 아픈 주사 맞아가며 고생하는데, 당신은 왜 몸 관리도 안하고 술까지 마시는 거야."라며 따지고 싸움을 걸었고, 그러다 보면 아빠도 속상해서 "힘들면 때려 쳐! 누가 아기 원한대?" 하며 소리치곤 했지. 그 말에 상처 받아 3년의 시간 동안 시험관 아기 시도를 다시 시도하지 않았어.

그렇게 3년이 지나고 2006년이 되었단다. 지금은 고인이 되신 선물이의 외할머니가 갑작스런 시한부 말기 암 판정을 받게 되셨고, 꼭 손주를 보고 싶으시다는 말에 엄마는 3년의 시간을 왜 허비했을까 하는 후회가 밀려와 서둘러 다시 시험관 아기를 시도하게 되었어. 하지만 그 과정 중에 외할머니는 하늘나라로 먼저 떠나셨단다. 병원에서는 '완전

불임 판정(정자가 없다는)'까지 받게 되었고……. 그러나 외할머니의 암 판정을 통해 엄마는 하나님의 이름을 다시 부르게 되었다. 어떠한 고난일지라도 그 고난은 하나님을 만나게 되는 축복의 시간이 되었기에 실패 속에서도 엄마의 힘으로 절대 할 수 없었던 감사 기도가 나오게 되는 기적도 경험하게 되었단다.

2003년 10월, 결혼식 후 떠난 신혼여행에서
석양을 배경으로 틈 잡아봤다.

🌷 비로소 찾아온 마음의 평안

선물아.

2006년도에 두 번의 실패와 2008년도에 마지막으로 한 번 더 해 보고 실패한다면 그만하자는 아빠의 말에 용기를 내서 시도했지만, 또 다시 실패로 돌아가고 말았어. 그 후 5년 동안 엄마는 신앙생활에, 아빠는 꿍따리유랑단과 방송일 등에 전념하며 지냈지. 실패는 이어졌지만, 그럴수록 엄마의 마음은 요동치지 않았고 평안해져서 반석 같은 믿음을 갖게 되었단다. 이런 것들이 사람의 힘으로는 될 수도, 노력으로도 안 되는 것들인데, 정신적·영적으로는 평안이 몰려오면서 늘 감사가 더해지는 삶을 경험하며 지냈어.

2001년부터 2005년까지 시험관 시술 실패의 상처, 아픔, 원망, 낙심의 감정들이 2006년부터 2014년(시험관 시술 성공하기까지)에는 감사, 내려놓음, 평안으로 자리 잡을 수 있게 된 건 아무리 생각을 해 봐도 기적 같은 일들이야. 아빠의 아픔과 부족함을 하나님의 사랑으로 덮게 되었고, 그 가운데 착하고 잘났다고만 생각했던 이기적인 엄마 자신의 문제들을 객관적으로 보게 되면서 우리 부부 삶의 균형을 바로 잡게 되었거든. 이 모든 게 어떻게 엄마의 힘으로, 인간의 생각과 노력으로 바꿀 수가 있었겠니? 모든 불가능한 감정과 일들을 가능하게 하시고, 하나가 되게 하신 것은 하나님의 은혜라고 밖에는 할 수 있는 말이 없구나. 그래서 이 글을 쓰는 지금 이 순간에도 엄마의 입가엔 흐뭇한 미소와 감사가 퍼지고 있단다.

선물아. 지금도 또렷하게 기억나는 사실이 있어. 그 날은 2012년 10월 17일 수요일이었는데, 아빠가 엄마에게 보낸 한 통의 문자에는 "시험관 아기 한 번 더 해볼까?"라는 말이 적혀 있었어. 5년 만에 아빠는 다시 얘길 꺼낸 거야. 그날 엄마는 성경 큐티 말씀을 펴게 되었단다. 매일 성경 말씀을 읽고 묵상하며 내게 주시는 하나님의 음성을 듣는 훈련을 오래 해왔기에 그날도 어김없이 보게 되었는데, 에스겔 36장 말씀이었어.

"내가 너희 위에 사람과 짐승으로 말게 하되 생육이 중다하고 번성하게 할 것이라. 너희를 처음보다 낫게 대접하리니 너희가 나를 여호와인 줄 알리라. 다시는 그들로 자식들을 잃어버리지 않게 하리라. 내가 그들의 인수로 양떼같이 많아지게 하되 사람의 떼로 채우리라. 그리한즉 그들이 나를 여호와인줄 알리라 하셨느니라." (에스겔 36장 11~12장)

엄마는 놀라움을 금할 수 없어 '하나님이 우리에게 자녀를 주시려나?' 생각하며 감사 기도를 하였단다. 그렇게 엄마와 아빠는 다시 5년 만에 시험관 아기를 다시 시작하게 되었고, 다시 병원을 찾았을 때 선생님은 5년 동안 왜 시도하지 않았냐고 안타까워 하셨지. 조금이라도 더 젊을 때 해야 성공률이 높은데, 엄마는 이미 42살의 늦은 나이가 되어버렸거든.

엄마랑 아빠는 검사(정자, 난자)를 시작했지만, 아빠는 장애 때문에 정자

상태가 좋지 않았고, 엄마는 고령이라서 난자가 적을 수밖에 없었어. 그래도 불행 중 다행인 건 난자의 수는 적지만, 모양이나 크기, 상태가 너무 좋다며 희망적이라는 의사 선생님 말씀에 내심 기대를 했단다. 그렇지만 안타깝게도 또 실패하고 말았다. 마음이 정말 많이 아팠어. 하지만 엄마의 마음속엔 온통 아빠가 낙심할 것에 대한 걱정뿐이었지. 다행히 아빠가 엄마에게 "우리 똘똘이에게 더 잘하고, 다음을 기약하자." 라는 문자 메시지를 보내 주었어. 엄마는 아빠의 배려가 눈물이 나도록 너무나 고마웠단다.

그해 9월에 다시 시험관 아기를 시도했을 때는 난자의 상태가 좋지 않아 의사 선생님께서 많이 안타까워하셨어. 하지만 기적적으로 수정이 되었고, 1~3차 피검사의 위기 속에서도 안전하게 생명이 유지되어 바로 지금의 선물이 엄마 뱃속에서 자라나게 되었단다. 이 기쁜 소식은 인터넷 뉴스를 통해 기사가 났고, 주위 사람들이 많이 축하해 주어서 얼마나 기쁘고 행복했는지 몰라. 응원 메시지도 참 많이 받았단다. 엄마는 그때 아빠가 용기를 내서 보낸 "시험관 아기 한 번 더 해볼까?"라는 문자와 그날 주신 하나님의 말씀을 약속으로 받은 것과 이 모든 일이 결코 우연이 아님을 믿고 마음에 되새기며 더욱 주님께 감사하고 있어. 엄마와 아빠는 감사한 마음을 담아 너의 태명을 하나님의 '선물'로 짓게 되었다.

엄마는 그동안 기대하지 못했던, 그러나 간절한 꿈인 아빠를 닮은 아기를 갖게 되었다는 것이 얼마나 큰 기쁨이고, 감사한 일인지 말로 표현할 수 없어 한동안 눈물을 하염없이 흘렸어. 많은 사람이 이렇게 얘기를 하곤 해. "좀 더 일찍 시험관을 시도했더라면 좋았을 걸."이라고. 그러나 엄마는 깨닫게 되었단다. 나의 때와 하나님의 때는 다르다는 것을.

"사람이 마음으로 자기의 길을 계획할지라도 그 걸음을 인도하시는 자는 여호와시니라." (잠언 16장 9절)

눈물로 씨를 뿌려 기쁨의 열매를 맺게 하신 주님을 찬양하고 사랑한다. 이 감사가 계속 유지되어 부모라는 새 이름과 선물이를 모태신앙으로 태어나게 하신 주님을 향한 믿음을 유산으로 물려주고 싶구나.

사랑한다, 선물아.

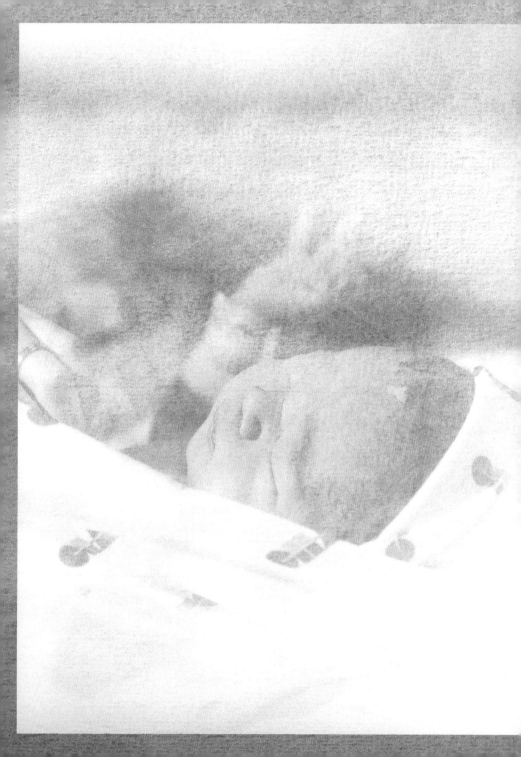

3.

생명보다
귀한 가족
그리고
선물이

결혼기념일 선물

선물아.

아빠는 그 날 '오늘 우리 결혼기념일인데 뭘 할까?' 이런 저런 생각을 하고 있었다. 그런데 방바닥에 똘똘이와 함께 누워 있던 선물이 엄마가 전화를 받고는 큰 소리로 웃으며 "네, 네. 감사드립니다." 하더니 아빠에게 말했다.

"오빠! 착상 됐대. 임신이래." 아빠는 침대 위에 누운 채로 '진짜? 설마.' 하는 생각이 동시에 들었다. 그리고 잠시 멍하니 '누구에게 이 기쁜 소식을 제일 먼저 알릴까?' 하면서도 선물이 엄마에게 "혹시 잘못되는 건 아닐까. 다시 확인해 봐야 하는 거 아닐까?"라고 물어 보았다. 선물이 엄마는 며칠 후 병원에서 피 검사를 하고 몇 번의 검사도 마쳐야 하지만, 거의 임신에 가까운 거라고 했다면서 신 나 했고, 아빠도 조금씩 가슴이 설레기 시작했다. 그러다 문득 갑자기 후배 댄서의 한마디가 떠올랐다. 그 친구는 말기 암으로 오랜 시간 투병을 하다 하늘나라에 갔는데, 그 친구는 말기 암 판정을 받고도 결혼을 해서 2세까지 낳았단다. 그 친구가 "이젠 죽어도 좋다."라고 했던 말이 그 순간 떠오른 건, 아마도 아빠가 선물이 엄마 배를 통해서 다시 태어나는 거라는 생각이 들어서일지도 모르겠다.

선물아. 아빠가 엄마의 임신 사실을 알았을 때, 선물이는 아빠에게 또 하나의 큰 희망을 안겨 주었고, 아빠는 아이를 기다리는 수많은 부부들에게 희망을 줄 수 있었다. 엄마가 배를 만지며 기뻐하고 들떠 있을 때마다 아빠는 얼떨떨하고 믿겨지지 않을 때가 더 많았구나. 지금까지 시험관 시술에 실패가 많았기에, 또 하반신 마비라는 큰 벽이 있었기에 혹시 잘못되지 않을까 하는 불안함이 늘 있었어. 하지만 지금은 이제 곧 씩씩하게 태어날 선물이를 기다리며 하루하루 감사한 마음으로 살아가고 있다.

❝선율이가 손가락을 빨고 있는 듯한 모습이라
엄마도 따라해 보았어.❞

엄마의 편지

선물이
임신 일기

©루브르네프studio(홍혜진)

宣:SUN:SON

2013년 10월 12일 토요일

우리 부부 결혼기념일 10주년이 되던 날에 선물이는 우리에게 찾아와 주었어. 그리고 우리에게 엄마, 아빠라는 새 이름을 선물해 주었단다. 이 감격을 뭐라고 표현할 수 있을까? 그때부터 엄마는 선물이를 위해서라면 아픈 프로게스테론 주사도 거뜬히 맞을 거라는 다짐을 했어. 10주 정도를 맞았는데, 엉덩이가 굳어서 떨어져나갈 듯 아파도 선물이가 엄마에게 딱 붙어 있기를 기도하며 또 이겨낼 수 있었어. 이런 게 모성애인가 봐.

2013년 12월 18일 수요일

선물아. 아침에 아빠가 출근하면서 선물이에게 인사하는 거 들었니? 아빠는 경상도 사람이라 표현을 잘 못하는데, 엄마가 시켰어. 이제 선물이가 들을 때니까 목소리를 들려줘야 한다고. 그랬더니 아빠가 엄마 배를 만지면서 "다녀올게." 하는 거야. 그래서 "아빠라고 다시 얘기해야 알지~" 그랬더니 다시 하는 말이 "아빠 일 다녀올게, 이따 보자." 하셨어.

오늘 처음 선물이에게 말로 인사한 아빠의 목소리를 잘 기억하렴. 그리고 앞으로는 엄마가 매일 아빠 목소리를 들려줄게. 기대해.

2013년 12월 25일 수요일

선물아~ 어제 아빠가 선물 받은 『아빠랑 아기랑 행복한 태교동화』책을 가지고 오셨어. 펼쳤더니, 엄마 생각일지는 모르겠지만, 의성어, 의태어를 강조해서 동화를 실제처럼 읽어주는 건데, '아무래도 아빠는 낯간지럽다고 하면서 안 하겠구나' 싶어서 엄마가 읽기로 하고 선물이에게 읽어주는데 너무 재미있다!

'장화신은 고양이'와 '신데렐라' 이야기를 선물이에게 읽어 주면서 덕분에 엄마도 동심으로 돌아간 기분이 들었어. 그리고 우리 선물이가 들을 생각을 하니까 너무 기쁜 거 있지. 그래서 엄마는 탄력 받아서 찬송가도 4곡이나 불렀다. 이제 동화 읽어 주기 태교와 성경 읽기, 노래 태교도 함께 하자꾸나.

오늘 선물이 외할아버지 댁에 갔는데 너무 좋아하시는 모습을 보고, 엄마는 정말 많이 행복했어. 외할아버지랑 외할머니(엄마의 새엄마)는 선물이가 딸이었으면 좋겠다고 하시고, 할아버지와 할머니는 아들이었으면 좋겠다고 하셔. 아빠는? 아직까지 속마음을 솔직히 말 안하고 있지만, 선물이가 아들이든 딸이든 건강하기만을 바란대. 엄마도 선물이가 아들이든 딸이든 널 주신 것에 감사하며 살 거야.

2014년 1월 6일 일요일

선물이가 아들이라는 소식을 오늘에서야 듣고, 눈으로 초음파를 보면서 눈물이 났어. 아빠는 "고추네요!" 하더니 미소가 떠나질 않아. 주변에서도 너무 좋아해.

선물아. 엄마도 흐뭇한 미소가 계속 절로 지어지더라. 조금 아까 아빠는 후배를 만나러 나가다가 엄마의 배에다 귀를 기울이고 선물이를 만져 주며 인사를 해 주셨는데 엄마는 너무 기뻤어. 우리 선물이를 통해 엄마 아빠가 부부, 부모라는 하나의 완성체가 된 거니까 감사할 뿐이야. 아빠의 목소리를 잘 기억하렴. 엄마의 첫사랑 아빠에 대해서 나중에 선물이가 크면 자랑해 줄게.

선물아. 이제 171일 남았으니 곧 만나자. 사랑해.

2014년 1월 11일 토요일

선물아. 어제 드디어 선물이의 방을 예쁘게 꾸미고 완성했단다. 아빠가 깜짝 선물로 준비해서 엄마는 이모 집에 하루 가 있다가 어제 저녁에 짠 하고 보게 되었는데, 엄마 마음에도 너무 쏘옥 드는 거야. 엄마는 엄마 생애에서 아기를 갖고 낳아서 아기 방을 꾸미게 될 줄은 꿈에도 몰랐어. 또 아기용품을 선물 받게 될 줄도 상상조차 못했고, 아니 안하고 살았는데 이게 웬 축복이고 선물인지……. 가끔은 마치 꿈을 꾸는 기분이야. 감사할 수밖에 없어서 어제는 눈물이 났고, 오늘은 일기를 쓰면서 행복을 또 한 번 실감하고 있다.

선물이 방을 예쁘게 꾸며 준 아빠에게 "사랑해요. 미안해요. 고마워요" 문자도 보냈어. 표현은 없지만 듬직하고 진국인 선물이 아빠, 최고예요.

2014년 1월 16일 목요일

선물아. 오늘은 엄마가 불임과를 졸업했단다. 그동안 선물이가 올 수 있게끔 도와주신 원장님이 "둘째도 가져야죠?"라고 물으시는데 놀라서 "네?" 했더니 "출산하고 1년 후에 다시 봅시다." 하셔서 "네~" 하고 나왔어. 아직 준비가 안 되고, 엄마가 나이가 많은 관계로 힘들 거라 생각하고 넘어가려고 했는데, 원장님도 그리고 선물이 아빠도 성공만 한다면 둘째를 원하는 것 같아. 사실은 엄마도 원해. 엄마는 욕심이 생기네.

불임과를 졸업하고 바로 산부인과로 가게 되어 10일 만에 또 초음파를 볼 수 있었어. 교수님 말씀이 "아이가 엄청 활발하네요?" 하시더라고. 금방 엎어졌다가 누웠다 한다고. 또 어찌나 손을 마구 흔드는지……. 선물이를 물고기로 표현하시더라. 양수에서 놀고 있는 거라고.

2월 17일에 정밀 초음파를 하자는데, 그때까지 한 달을 또 어찌 기다릴까? 그래도 한 달, 한 달, 지나다 보면 금방 선물이를 볼 수 있는 날이 오겠지?

이제 161일 남았어. 금방 지나갈 거야. 선물아. 사랑한다.

2014년 2월 20일 목요일
선물아. 엄마가 선물이에게 너무 미안하구나. 똘똘이가 떠난 후로 슬픔에 젖어서 일상생활의 모든 것들이 중단돼 버렸어. 우리 선물이에게 매일 읽어 주었던 동화책도 성경과 찬송도 멈춰버린 이유는 그냥 이 모든게 사치인 것 같아서야. 이러면 안 되는데……. 이제 엄마도 그만 슬퍼하고 우리 선물이 위해 마음 추스를게. 그런데 마음처럼 쉽지가 않네. 선물아~ 엄마가 많이 미안해.

주변에서는 한 번쯤 속 시원히 울라고, 속에 담아두지 말고 터뜨려야 한다고, 선물이도 이해할 거라고 하지만, 엄마는 자꾸만 선물이가 잘못될까 봐 속으로 억누르고 있어. 그래서 더 힘든 것 같아. 엄마가 언젠가 목 놓아 울더라도 우리 선물이가 이해해 주길 바래.

선물아 미안하고 사랑한다.

2014년 3월 20일 목요일

임신당뇨 판정 받은 날.

무엇보다 선물이에게 제일 미안하구나. 엄마는 임신하면 무조건 잘 먹어야 되는 줄 알았어. 물론 주변에 어른들도 그렇게 말씀하셨고. 그런데 엄마가 몰라도 너무 몰랐던 거야. 임신당뇨는 노산일 때 주로 나타난다고 해. 엄마가 먹은 영양분이 모두 태아에게 가는데, 걸러주는 역할을 하는 기능이 약해서 태아가 거대아가 될 수도 있고, 출산 후에도 관리가 잘 안 되면 엄마가 성인당뇨로 이어질 수 있다고 해서 철저한 식단과 운동조절을 처방받았어.

눈물이 앞을 가렸어. 그렇지만 선물이의 건강을 위해서 엄마는 오늘부터 철저하게 식단을 지킬 거야.

엄마 응원해 주렴! 노력하고 잘 적용할게!

2014년 3월 24일 월요일

선물아~ 짠!

여기는 하와이야. 선물이와 아빠와 엄마가 처음 함께 온 태교여행! 선물아. 여기 날씨도 공기도 너무 좋지? 엄마 아빠의 기쁨조인 엄마 친구,

宣:SUN:SON

의선이 이모네 온 거야. 엄마가 여기서도 선물이 위해서 식단조절 잘 할게.

운동광인 의선이 이모가 안 그래도 철저하게 엄마와 선물이를 위해 운동도 시켜 주고, 음식도 혈당이 올라가지 않도록 건강식으로 해 주고 있단다. 그래서인지 부기도 많이 빠졌어. 선물아. 선물이가 태어나면 나중에 하와이에 또 오자. 아빠가 의선이 이모에게 하는 말이 "선물이 태어나면 내년에 또 올게." 했거든.

기대하렴. 선물아, 사랑해. ^^

2014년 5월 18일 일요일

선물아~ 엄마는 선물이 만날 준비를 하고 있단다. 모든 게 처음이라 서툴지만 주변에 아기를 낳은 후배들이 정보도 주고, 또 인터넷을 검색해 가며 체크하고 있어. 오늘은 앞으로 한 달도 채 남지 않은 선물이 만날 날을 위해 입원&출산 준비물을 챙겼어. 일단 선물이를 깨끗이 맞이하기 위해 선물이 옷들, 이불, 속싸개를 다 빨아서 접어 넣었고, 베넷저고리와 속싸개, 물티슈, 기저귀, 젖병 등등을 챙기고, 또 모유수유에 필요한 것들도 다 챙겨 넣었어. 사실은 아직까지는 실감이 안나. 아마도 엄마가 눈앞에 선물이를 직접 봐야지 실감이 날 거 같구나.

아빠도 엄마의 만삭 배를 사진 찍으면서도 아직도 믿어지지가 않는대. 아빠도 엄마와 같은 마음일 거야. 엄마가 입원하고 조리원에 있기 때문에 집에 혼자 있을 선물이 아빠가 걱정이 되긴 해. 밥도 혼자 잘 못 챙겨 먹을 텐데……. 하지만 아빠도 선물이를 위해 모든 걸 양보해 주고 무조건 산후조리 잘 하라고 격려해 주었단다. 우리 선물이는 여전히 엄마 뱃속에서 폭풍태동을 하고 있네?

선물아~ 건강한 모습으로 나와 주길 바라. 아빠 쪽 빼닮은 모습이면 좋겠어. 엄마는 또 준비 마무리할게.

2014년 6월 7일 토요일

선물아. 엄마가 요새는 잠 잘 때가 제일 힘이 드는구나. 한 시간마다 정확히 깨서 화장실을 가느라, 또 배가 남산만 해져서 일어나고 눕고 하는 동작이 제일 힘드네. 세어 보니 새벽에 화장실을 7번 가더라. 그런데 선물이 낳고 나면 모유수유 하느라 새벽에 더 잠을 못자겠지?

주변에서 익히 들어서 힘들 것 같다고 각오는 하고 있지만, 그래도 지금부터 여러 번 깨어나는 훈련을 하고 있어서 또 모성애 때문이라도 엄마는 왠지 잘할 거라는 생각이 든단다. 엄마가 디스크에 노산에 임신당뇨에 아직도 선물이가 거꾸로 누워 있기 때문에 제왕절개로 수술해야만 하는 어려운 여건을 다 갖추고 있어. 모든 게 처음 겪을 일들이라서

엄마는 선물이를 만날 기대에 설레면서도 솔직히 수술에 대한 두려움
도 크단다.

선물아~ 엄마 잘 해낼 수 있겠지? 10달 동안 뱃속에 품은 선물이를 본
순간 통증은 눈 녹 듯 사라지겠지?

선물아, 미리 인사할게. 그동안 엄마에게 오느라 수고 많았어. 이제 곧
만나자!

아빠의 편지

똘똘이와의 마지막 여행

©땡큐studio

선물아.

어느 날 담당 의사 선생님이 아빠한테 이렇게 말씀하셨다.

"앞으로 당신은 가슴 이하로는 스스로 움직이거나 감각을 느낄 수 없을 것입니다. 혹시라도 애인이 있다면 지금이라도 서둘러서 2세 계획을 세워 꾸준히 노력해 보세요."

그리고는 시험관 아기를 권하셨다. 그 이후 선물이 엄마와 함께 몇 번의 시험관 아기 시술을 받았어. 수술을 준비하는 과정이 육체적으로나 정신적으로 많이 힘든 경험이었다. 임신을 할 수 있을 거라는 큰 기대를 했기에 실패라는 결과가 더 힘들게 느껴졌단다. 아빠가 장애인이 된 후 여러 가지로 선물이 엄마와 말다툼이 있었지만, 엄마가 아빠의 장애를 탓하며 언성을 높인 건 시험관 아기 시술이 실패한 이후였어.

"왜 도대체 왜, 내가 오빠 때문에 이렇게 힘들어야 해?"
"뭐? 나 때문에? 그러는 난. 난 내가 원해서 장애인이 된 거야? 날 누가 이렇게 만들었는데?"

말다툼 후에 화해 그리고 시험관 아기 실패. 그걸 반복하기를 5번이었다. 시험관 시술을 통해서라도 아기를 갖고자 했던 우리의 바람. 특히 선물이 엄마가 더 많이 바랐기에 상처도 더 많이 받았고, 주변의 관심 또한 우릴 힘들게 만들었다.

"시험관 수술을 몇 번이나 하는 걸 보면 참 돈도 많아. 아니지 시험관 아기도 협찬 받을 걸? 그냥 입양을 하지. 뭐 하러 저렇게 힘들게 해? 요즘 연예인들 입양 많이 하던데……. 김송만 불쌍하지, 뭐."

물론 우리 부부가 잘 되길 바라는 마음의 표현이었겠지만, 그 관심 한마디 한마디가 선물이 엄마에겐 큰 상처로 남았다. 입양에 대해서도 물론 생각해 봤다. 우리가 아이를 입양을 한다는 게 불가능한 것은 아니었거든. 하지만 우리가 젊을 때, 임신의 가능성이 1%라도 있을 때 날 닮고 송이를 닮은, 우리의 끼를 닮아 춤 잘 추는 아이를 갖고자 노력한 게 잘못된 선택일까?

그리고 얼마 후 아빠는, "그래, 우리 개나 한 마리 키워 볼까?"라며 농담으로 선물이 엄마에게 말했단다. 그렇게 해서 '똘똘이(웰시코기, 수컷)'가 우리의 가족이 되었다. 다행히 똘똘이 녀석 덕분에 우리 부부 사이는 예전보다 더 가까워졌고, 아침에 일어나서 잠자리에 들 때까지 웃음이 가시질 않았다.

선물아. 요즘 경제 불황이다 실업이다 해서 많은 분들이 "힘들다. 힘들다." 이야기들을 하는데, 아빠는 육체적으로나 정신적으로 힘들고 아파서 상처가 있는 사람들에게 이렇게 권하고 싶다.

"반려견 한 마리 키워 보세요."라고.

장애인으로 다시 사회활동을 하며 힘들고 지쳐 있던 아빠에게 우연찮게 찾아와 지금까지 힘을 주고 웃음을 되찾아 준 우리 똘똘이. 똘똘이는 지난 6년 동안 아빠와 선물이 엄마, 우리 가족, 내 주변 동료들에게 예쁨을 받았고, 우리에게 웃음을 주었다. 그러다 똘똘이의 온몸에 암에 전이되어 짧게는 1개월, 길게는 6개월 정도밖에 살 수 없다는 무서운 진단을 받았어. 어떻게 하다가 암이라는 몹쓸 병에 걸렸는지, 왜 아픈 티를 안 냈는지, 그동안 우린 왜 몰랐는지, 치료 방법은 정말 없는지 아빠는 가슴이 너무 아팠단다.

선물아. "앞으로 딱 5일만 살 수 있다면 뭘 하며 보낼까?"라는 질문을 한다면, 아마도 대부분의 사람은 "가족과 함께 보낼 거다."라고 할 거야. 그렇게 함께 보내면서 많은 대화를 나눌 텐데, 아빠는 똘똘이와 그동안 많은 대화가 없었던 것 같아서 고마웠던 아빠의 마음을 꼭 전해 주고 싶었다.

"똘똘아. 몸이 불편한 내가 사는 우리 집으로 와줘서 고맙고, 일을 마치고 현관문 열 때마다 항상 날 반겨 줘서 고맙고, 내가 '손!'이라고 외치면 항상 손을 내밀어 줘서 고맙고, 먹을 걸 챙겨 주면 맛있게 먹어 줘서 고맙고, 옆에서 엎드려 코골며 자 줘서 고맙고, 자다가도 내가 부르면 달려와 줘서 고맙고, 선물이 엄마가 외출 후 현관문을 열고 들어올 때면 엄마 왔다고 멍멍 짖어 줘서 고맙고, 그 많은 잔디밭과 눈길을 뛰어다녀 줘서 고맙고, 내가 라디오 하러 나갈 때마다 삑삑이 물고 따라

나와 줘서 고맙고, '차에 올라타!' 하면 조수석 바닥으로 올라타서 날 쳐다봐 줘서 고맙고, 내가 컴퓨터 책상 앞에 있을 땐 내 휠체어 밑에서 엎드린 자세로 날 지켜 줘서 고맙고, 내가 아는 사람이면 낯선 사람이 와도 짖지 않아서 고맙고, 할머니에게는 앞 발차기, 할아버지에게는 꼬리와 귀를 내려 줘서 고맙고, 안마의자에 '하나 둘 셋' 하고 '올라가' 하면 뛰어 올라가 줘서 고맙고, 방송국에 따라다니면서도 짖지 않고 내가 올 때까지 가만히 기다려 줘서 고맙고, 내가 술에 취해 올 때면 거리를 두고 멀리서 날 지켜봐 줘서 고맙고, 이렇게 항상 날 고맙게 해줬기에 '널 사랑한다. 진심으로 사랑한다.'라고 지금이라도 꼭 말하고 싶구나."

무뚝뚝한 아빠, 그동안 우리 똘똘이에게 사랑한다는 말 한 번도 해 준 적이 없었던 아빠다. 아빠는 감정 표현이 너무 서툴구나. 앞으로는 사랑하는 사람들에게 "고맙다. 미안하다. 사랑한다."라는 표현을 많이 하고 싶고, 함께 있음을 감사하며 살고 싶다. 그래야 후회가 없을 것 같구나.

첫 만남부터 쑥스러움이 많았던 똘똘이는 수컷의 특성을 싫어했던 선물이 엄마가 훈련소에 두 번이나 보냈다. 똘똘이는 아빠와 엄마와 떼려야 뗄 수 없는 가족 같은 존재가 되었고, 우리에게 많은 위로가 되어 줬을 뿐만 아니라, 수많은 추억도 안겨 주었다. 아직도 아빠는 똘똘이와의 마지막 여행, 마지막 순간을 어제처럼 생생하게 기억한다.

"송이야. 똘똘이 올려줘. 내 무릎 위로 올려줘, 빨리."

" 뚤뚤이는 휠체어를 자기 집으로 알았단다. **"**

" 2014년 1월 24일,
'사랑해 뚤뚤아. 다시 꼭 만나.' 하며 흐느끼는 엄마 **"**

엄마가 그때 몸이 많이 힘들었던 때라 똘똘이를 올려 주기엔 무리일 것 같아서 옆에서 우리 모습을 지켜보시던 아저씨께 "아저씨. 우리 똘똘이 좀 제 무릎 위에 올려 주세요."라고 다급하게 부탁드렸다. 그리고 아빠는 계속해서 똘똘이를 부르며 외쳤어.

"일어나야 해. 살아야 해, 똘똘아. 안돼. 죽지 마. 정신 차려. 이리 와."

다른 아무 말도 못하고 아빠는 똘똘이 이름만 애타게 불렀다. 똘똘이는 그 힘든 상황에서도 아빠 목소리에 반응을 보이려고 몇 번이나 숨을 헐떡였고, 결국 눈도 못 감은 채 힘겹게 내쉬던 숨을 멈추고 말았다. 선물이 엄마가 똘똘이의 심장 소리를 확인하고 하늘나라로 갔다며 눈물을 흘릴 때 아빠도 소리 내어 눈물을 흘리고 울었단다. 수의사 선생님이 똘똘이 앞에서는 눈물을 보이지 말라고 했기에 그동안 똘똘이 앞에서 꾹꾹 참아 왔던 눈물이 그때 한꺼번에 쏟아져 버렸어. 그리고 무릎 위에 누워 있는 똘똘이를 주변 사람들의 도움을 받아 차에 싣고 다시 집으로 향했다. 돌아오는 길 내내 선물이 엄마는 뒷자리 바닥에 앉은 채 의자에 누워 있는 똘똘이를 끌어안고 계속 눈물을 흘렸고, 아빠는 그동안 운전할 때 자주 듣던 노래를 똘똘이에게 들려주었다. 그대와 영원히. 그리고 축복합니다.

"때로는 기쁨에 때로는 슬픔에 웃음과 울음으로 함께 한 날들. 이제는 모두가 지나버린 일들. 우리에겐 앞으로의 밝은 날들 뿐."

똘똘이와의 마지막 여행길이었지만, 예상치 않은 갑작스러운 죽음에 당황했던 아빠와 엄마는 똘똘이를 안고 돌아오면서 다행히도 마음의 안정을 조금씩 찾을 수 있었다. 집에 도착해서 선물이 엄마는 똘똘이가 그동안 좋아했던 삑삑이 장난감과 간식 등을 챙겨 왔고, 아빠는 차 안에 있는 똘똘이의 흔적을 사진에 담았다. 조수석에 남겨진 똘똘이의 털들, 똘똘이의 마지막을 함께 한 담요, 똘똘이의 간식들을 챙겨 똘똘이의 화장을 위해 납골당으로 향했다.

"똘똘이는 우리에게 천사 같은 존재였어. 아니 천사였지. 똘똘이는 우리가 움직일 때마다 함께 했고, 우리가 생각할 때마다 같이 생각해 줬고, 먹을 때도 잠이 들 때도 항상 함께 했었지. 똘똘이 덕분에 엄마와 아빠는 많은 대화도 나눌 수 있었고, 행복하게 웃을 수도 있었어. 이런 천사는 다시 못 보게 될 거야. 하지만 똘똘이는 영원히 떠난 게 아니라 '선물'이라는 또 다른 천사를 우리에게 선물하고 간 것이라고 믿는다."

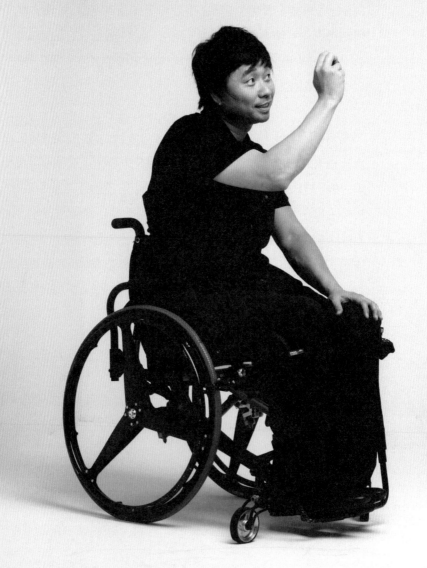

가슴 아픈 이별

선물아.

똘똘이가 떠난 지 두 달 하고도 3일이 지났구나. 마음이 아리지만, 오늘이 지나면 지금의 마음 또한 흐지부지 될 것 같아서 오늘은 너에게 똘똘이 이야기를 들려 줄까 해. 아빠와 똘똘이와 함께 강릉으로 가던 여행길에서 평창휴게소로 가던 중, 어느 곳으로도 시선을 돌리지 않고 엄마만 바라보던 눈빛과 헥헥거리던 똘똘이의 숨소리를 엄마는 잊을 수가 없어. 돌이켜 보니 똘똘이는 마지막 떠나가야 할 때를 알고 평창 휴게소를 들리기 전, 엄마와 마지막을 함께 하고 싶었던 것 같아.

"엄마⋯⋯ 엄마와 아빠와 함께 했던 순간들을 잊지 못할 거예요. 엄마, 나 이제 떠날 때인 것 같아요. 그래도 마지막까지 엄마 아빠에게 고통스러운 모습 보이지 않을 거예요. 그러기엔 내가 엄마 아빠에게 받은 사랑이 너무 커서요. 끝가지 견딜게요. 견뎌 볼게요. 엄마, 너무 슬퍼하지 말아요. 그런데 겁이 나요. 숨이 잘 안 쉬어져요. 저의 마지막 모습이 추하지 않도록, 엄마 아빠 품에서 편히 눈감을 수 있도록 노력해 볼게요. 이제 엄마 아빠의 사랑을 가슴 속에 담고 가요. 눈 감는 시간까지 저는 엄마 아빠 마음속에 좋은 추억으로 남아 있을게요. 엄마 아빠 곁에 오래오래 함께 하고 싶지만, 이제 선물이가 올 거니까 너무 슬퍼 말아요. 엄마를 바라보는 내 눈빛, 우리의 교감, 모든 걸 기억해 주세요. 엄마 아빠 사랑해요. 우리 다시 만나요. 절대 슬퍼하지 말아요."

그때 엄마는 몰랐어. 똘똘이가 왜 엄마를 그렇게 뚫어져라 쳐다봤는지를. 왜 엄마에게서 시선을 떼지 않았는지를.

"똘똘아. 우직하고 인내심 많은 내 사랑하는 아가. 많은 갈등과 싸움으로 힘들었던 우리 부부에게 찾아와서 마음에 평화를 주고, 행복을 주고, 웃음을 주고, 우리 부부를 사랑의 끈으로 연결해 주었던 너는 분명 천사였어."

엄마가 똘똘이와 함께 하며 메모했던 몇 편의 일기를 선물이와 함께 다시 보고 싶구나.

2012년 11월 3일
큐티 말씀: "너희는 방향을 돌려서 홍해 길로 하여 광야로 들어갈지니라 하시매." (신명기 1장 40절)

그렇다. 또 다른 광야. 힘든 훈련이 시작됐다. 주님…… 주어진 광야 현실을 인정하며, 어떠한 결과라도 원망과 싸움 없이 올라가기 원합니다.

똘똘이가 악성 림프암 판정을 받았다.

"똘똘아……. 힘내 주렴."

2012년 11월 5일

똘똘이가 마지막 5단계, 골수까지 암이 전이된 최악의 상태라고 한다. 똘똘이에게 우리 부부가 받은 사랑이 너무 많아서 갚으려면 아직도 멀었는데, 시간이 모자랄까 봐 슬프다.

"똘똘아. 힘든 검사 잘 견뎌 줘서 고마워. 아프고 고통스러웠을 텐데……. 엄마가 많이 미안해."

주님, 우리 똘똘이 앞으로 고통 많이 겪지 않게 도와주세요. 잘 치료받고 감당할 수 있게 해 주세요.

2012년 11월 8일

똘똘이가 산책 중에 잘 걷지 못했다. 많이 힘든가 보다. 주님, 얼마 남지 않은 이 시간 좋은 추억 남길 수 있도록 조금만 시간을 더 허락해 주세요.

"우리 똘똘이……. 가엾은 우리 아가, 엄마가 더 잘할게. 사랑해."

2012년 11월 9일

오늘은 신랑이 교통사고 나고 새 삶을 산 지 12년이 된 날이다. 똘똘이는 오늘 아침부터 침대에 올라오지 못한다. 여러 번 시도하다가 결국 포기하기에 내가 똘똘이 뒷다리를 들어서 올라가는 데 힘을 실어 주었다. 원래 오빠와 똘똘이에게 조금이나마 힘을 실어 주는, 필요한 존재로 남고 싶다.

2012년 11월 18일
똘똘이가 자다가 오줌을 싸버렸다. 벌써 두 번째. 안쓰럽고 불쌍한 똘똘이……. 그래서 오늘은 청결 매트를 깔아 줬더니 그 위에서 쌔근쌔근 잘 자고 있다.

"똘똘아. 우리에게 얼마의 시간이 주어졌는지는 모르지만, 엄마가 최선을 다해서 잘해 줄게. 남겨진 엄마 아빠도 잘 견디고 싶어. 제발 힘내줘."

2012년 12월 7일
똘똘이랑 눈길을 밟는다. 똘똘이가 좋아하는 눈인데, 이 눈길을 밟으며 똘똘이는 무슨 생각을 하고 있을까? 이렇게 함께 눈길을 걷는 게 이번 겨울이 마지막이라 생각하니 마음이 급해져 사진으로나마 오늘을 남겨본다.

오늘 더 이상 미룰 수 없어 독한 항암을 맞는데, 백혈구 수치는 낮고 5일 후에는 폐혈증 급사가 있을 수도 있다고 한다. 굳건히 힘내길 기도한다.

2013년 6월 22일

6월 4일 똘똘이의 2차 항암 시작과 동시에 3일 동안의 호된 부작용으로 인해 항암을 중단할 수밖에 없게 되었다. 암이 조금씩 만져지고 커지고 있지만, 기분은 좋아 보이는 똘똘이. 지금도 선풍기 바람을 쐬며 돼지 소리를 내며 잘 자고 있다.

2014년 1월 20일 (똘똘이가 떠나기 4일 전)

우리 똘똘이가 음식을 남긴 적이 단 한 번도 없었는데, 그저께부터 먹지 않아 너무 걱정이 된다. 기력이 없고, 목 주변에 만져지는 암 덩어리들은 무서울 정도로 커지고 딱딱해져서 똘똘이가 호흡조차 힘들어 한다. 7년을 함께 살았기에 내 자식 같은 존재인데…….

남편은 앞으로 일주일을 못 버틸 것 같다고 말한다. 눈물이 앞을 가리지만, 의사 선생님은 절대 슬픈 기색을 똘똘이 앞에서 내지 말라고 하셨기에 나는 오늘도 여전히 똘똘이 앞에서 춤을 춰주고 있다.

2014년 2월 6일

똘똘이가 떠난 1월 24일 마지막 모습들이 담긴 사진을 용기내서 봤는데 눈물이 터졌다. 아직 마음의 준비가 안 됐나 보다. 똘똘이가 너무 보고 싶고, 만져 주고 싶다. 너무 많이 울어서 선물이한테 너무 미안한데…… 이해해 주렴.

"똘똘아, 사랑한다. 내 새끼. 꼭 천국에서 다시 만나자. 꼭 그러자."

아빠의 ✿ 편지

아빠의 가족을
소개합니다

선물아.

사람들은 생긴 모습이 다 다르다. 머리도, 화장법도, 옷도, 성격도, 환경도 모두 다르지. 그런데 우리는 우리처럼 살아야 한다는 왠지 모를 그런 강박관념을 가지고 있는 것 같다. 크지도 말아야 되고, 작지도 말아야 되고, 손은 열 손가락이 다 있어야 되고, 발도 열 발가락이 다 있어야 되고, 앞을 다 볼 줄 알아야 되며, 들을 수 있어야 되고, 모든 게 다 갖춰져 있어야 한다고 말이야.

아빠는 어렸을 때 "더도 말고 덜도 말고 중간만 가라." 이렇게 컸던 것 같아. 그래서 지금 자라는 아이들이나 청소년들이 그런 것보다는 자신을 좀 더 생각하면서 살았으면 좋겠어.

선물아. 아빠는 경상북도 포항이 고향이다. 아빠가 69년생인데, 이때 이렇게 사진을 찍을 정도면 되게 부잣집이었겠지? 이때는 사진기가 없던 시절이었단다. 물론 TV도 없던 시절이었고, 라디오 하나만 있으면 그 동네에서 부자였는데, 아빠는 꽤 유복한 가정에서 태어났어. 할아버지가 되게 넉넉하셨거든. 물론 아빠는 뭐, 그 혜택은 많이 받아보지는 못했지만 말이야.

이 사진 보이니? 할아버지 무릎에 앉아 있는 게 아빠야. 선글라스 쓰신 분이 우리 아버지, 선물이 할아버지시고, 그 옆에 계신 분이 우리 어머니, 선물이 할머니야. 할아버지 잘생기셨지? 이 주변에 있는 사람들은

AUG • 72

" 아빠 2살 때
남산식물원에서 "

" 아빠의 고향인 포항의
송도 해수욕장에서 "

모두 아빠의 사촌형이란다. 할아버지 옆에 얼굴 큰 사람이 바로 아빠의 형, 선물이에게는 큰아버지시다. 이름은 강원도, 아빠 이름은 강원래, 그리고 아빠의 여동생, 지금 사진상으로는 태어나지 않았지만, 아, 저 때는 할머니 뱃속에 있을 때겠지? 선물이가 알아들을지 모르겠네. 아무튼 앞으로 태어날 아빠의 여동생, 선물이의 고모 이름은 강원미란다.

선물이 할머니는 피아노를 전공하셨다. 그래서 아이들의 이름을 '도레 미'로 지으셨어. 아빠가 괜히 이쪽 분야에 있는 게 아니겠지? 아빠는 어렸을 때부터 피아노 소리를 아주 지겹도록 듣고 자랐단다. 오죽하면 이름이 도레미의 레겠니. 원래는 '레'란다.

그런데 이후 할아버지의 사업이 부도가 나는 바람에 온 가족이 뿔뿔이 흩어질 수밖에 없었다. 우리 아버지도 할아버지가 남겨 준 재산을 가지고 도망을 왔는데, 도망 온 곳이 다름 아닌 서울시 강남구 논현동이었어. 그래서 아빠는 논현 초등학교를 다녔지. 아빠가 이때부터 삐뚤어지기 시작했단다.

엄마의 🌻 편지

엄마의 가족을
소개합니다

宣:SUN:SON

선물아.

지금 엄마는 임신 23주, 6개월을 지나고 있는데, 배가 꼭 만삭의 배 같아서 선물이의 이모는 돼지 바가지 같다고 놀린단다.

선물이의 외할아버지와 외할머니는 나중에 선물이가 조금 더 크면 알게 될 텐데, 외할아버지는 장난기가 많으시고, 외할머니는 수줍음이 많으시고 조용하신 편이야. 엄마가 시험관 아기에 성공했다는 것을 알았을 때 외할아버지께서는 엄마에게 이런 편지를 보내 주셨단다.

"나의 막내딸 송이. 아빠가 왜 이리 눈물이 나는지. 송이의 임신 소식을 들었을 때, 우리 막내딸 송이를 위해 예배를 보면서 이것은 우리 가족의 큰 기쁨이라고 생각했다. 우리를 아는 모든 사람들이 진심으로 축하해 주었단다. 예쁘고 착한 우리 막내딸 송이야. 아빠는 우리 막내딸이 고생 안 하고 엄마가 됐으면 좋겠지만, 엄마 되는 게 쉬운 것만은 아니지. 그래도 고생 안 하고 순산하길 바란다. 몇 번의 실패 끝에 성공한 임신 소식에 아빠와 새엄마는 뭐라고 말할 수 없이 기쁘다. 사랑한다, 무척이나."

이모는 선물이가 아들이길 바란다고 처음부터 얘기를 했었어. 이모가 좋아하는 SBS 드라마 중에 주인공 이름이 '김탄(이민호)'이야. 이모가 김탄에게 푹 빠져서 선물이가 태어나면 이름을 강김탄으로 짓겠다고 벌써부터 난리란다.

엄마가 입덧으로 고생할 때 이모가 매일 집에 와서 밥과 반찬을 만들어 줬고, 입맛이 없어 외식해야 했을 때마다 이모가 항상 같이 다녀줬는데, "네가 임신한 게 아니라 내가 임신한 것처럼 살쪘어."라며 불만을 장난스럽게 표현하기도 했어. 아마 선물이가 태어나면 이모가 옆에서 제일 많이 도와줄 거야. 곧 선물이의 사촌누나도 만나게 될 텐데, 엄마의 임신 소식과 초음파 사진을 보면서 함께 기뻐했던 이모의 딸 나경이는 선물이와 아마 가장 잘 놀아 줄 거야. 엄마가 나이가 많으니까 선물이가 나중에 초등학교에 입학하게 되면 그때는 대학생이 되어 있을 나경이 누나가 엄마 대신 선물이의 보호자로 입학식 날에도 같이 학교에 가 줄 거래. 키 크고 날씬하고 예쁜 나경이 누나니까 선물이가 많이 좋아할 것 같아.

재홍이 삼촌은 지금은 말레이시아에 있는 엄마랑 쌍둥이 동생인 재현이 삼촌과 함께 사업을 하고 있는데, 선물이 건강히 순산하라고 미리 인사했어. 아마 선물이가 태어나고 난 후에 한국에 나오면 볼 수 있을 거야. 성실하게 열심히 일하면서 사는 삼촌이란다. (엄마 임신 소식을 들어서 그런지 삼촌은 이제 연애도 하고 싶고, 결혼도 하고 싶고, 아들도 낳고 싶다고 하더라)

재현이 삼촌은 선물이가 아들이길 간절히 바랐단다. 이유는? 선물이를 데리고 낚시터에 갈 거래. 가서 낚시를 가르쳐 줄 거라며 벌써부터 단단히 벼르고 있더라. 본인이 아빠 노릇을 하겠다고 하네. 아빠가 몸이 불편하기 때문에 자유롭지 못한 부분들은 삼촌이 몸으로 뛰면서 선물이를 위해 해 주겠다는 거야. 삼촌이 선물이를 지켜 주겠대. 선물이의 예쁜 외숙모는 아들을 낳고 싶어 했었는데, 선물이를 보면 너무 예뻐할 것 같아. 외국에서 살고 있어서 자주 보지는 못하겠지만, 그래도 선물이가 태어나면 선물이 보러 당장에 한국으로 달려 올 거야.

마지막으로 소개할 사람은 교민이 누나야. 선물이가 태어날 때 바쁜 엄마와 아빠를 대신해서 7월에 혼자 한국에 나오기로 했단다. 선물이가 태어나면 병원놀이, 아나운서 놀이를 선물이와 함께 할 거라고 말하는 매력 많고 순수한 선물이의 사촌누나란다. 어릴 때부터 외국생활을 해 와서 한국어보다는 영어가 능숙하지만, 나름 한국말을 할 때 너무 귀여워. 선물이가 태어나면 엄마 친구들도 모두 소개해 줄게.

빨리 보고 싶다, 선물아.

상처 그리고 용서

선물아.

아빠가 사고가 났던 날을 떠올리니 사고 전의 삶과 사고 후의 삶, 병원 치료와 재활과정, 장애를 인정하고 수용하기까지의 힘든 과정이 머릿속을 지나간다. 그리고 문득 '가해자' 그분이 떠오른다. 그분은 지금 어떻게 지낼까?

사고 후 아빠가 병원에 입원해 있을 때 가해자 가족이 날 만나러 병원에 면회를 왔었다.

"가세요! 다신 우리 앞에 나타나지 마세요! 여기가 어디라고 와요?"
"왜, 누가 왔는데?"
"가해자 부인하고 딸이 왔는데 남편이 나이도 많고 차가운 구치소 방바닥에서 고생하니깐 선처를 부탁한다고 합의를 해 달래. 웃기고 있네. 입장 바꿔 생각을 해봐. 오빠는 평생 하반신 마비로 살아야 하는데……. 죄송하다고 무릎 꿇고 빌어도 봐 줄까 말까한 상황에서 합의를 부탁해?"

宣:SUN:SON

가해자 가족의 어떤 이야기와 설득도 엄마와 우리 가족에겐 위로가 되지 않았다. 평생을 지체1급 장애를 갖고 휠체어를 타고 살아야 하는 나, 또 그런 나를 묵묵히 지켜봐야 하는 우리 가족, 함께 일을 하던 준엽이 아저씨와 우리 사무실 동료들, 날 응원해 주던 팬들까지……. 가해자의 한 번의 실수가 아빠 한 사람에게만 상처를 준 것이 아니라 주변 많은 사람에게 평생 지울 수 없는 상처를 주었기 때문이었다.

그 당시에 아빠는 다른 사람 생각보다는 내 앞길이 더 막막했기에 "난 앞으로 어떻게 살지? 휠체어를 타고 다시 무대에 선다면 사람들이 놀리지 않을까?" "진짜 장애인으로 살아야 하는 건가? 날 동정하겠지?"라는 생각에 수많은 날을 눈물로, 분노와 좌절로 보냈다. 3년 정도 재활치료와 심리치료를 받으며 아빠보다 더 힘든 상황에서 열심히 사는 많은 장애인들을 만나면서 '나도 할 수 있다'는 자신감을 갖게 되었고, 다시 클론의 모습으로 무대에 다시 서는 데 정확히 5년이란 시간이 걸렸단다. 그 5년 동안을 내내 생각하지 않았고 잊고 지냈던 단어가 바로 그 '가해자'란 단어였다.

14년이 지난 오늘, '누가 가해자고 누가 피해자일까?'라는 생각을 해 본다. 그가 가해자고 내가 피해자일까? 아님, 내가 가해자고 그가 피해자일까? 아빠의 교통사고는 불법 유턴하던 차와 충돌한 사고였는데, 많은 사람이 이 사고로 '가해자, 피해자'를 나누지만, 아빠는 그런 생각이 별로 없었어. 그분을 늘 보며 살아 왔거나, 알고 지내던 사람인데 나에게 해를 입혔다면 죽을 때까지라도 원망하며 살아갈 수도 있겠지만, 아빠는 사고 당시 0.5초도 안 되는 그 순간, 갑자기 중앙선을 넘어온 차에 부딪힌 기억만 나고 그 후론 기억이 거의 없다. 그리고 지금까지 그분을 한 번도 못 봤다. 우리 가족에게도 '그분이 누구지?'라며 물어본 적도 없어.

아빠는 그분 이름도 모르고 얼굴도 기억이 안 난다. 지금도 강원래 오토바이 사고를 떠올리면 '가해자는 누구, 피해자는 누구'에 대한 생각을 할 거야. 가끔 아빠에게 피해자에 대한 원망을 물어 보는 사람들도 있다. 아빠는 피해자, 가해자 누구의 잘못과 실수, 그런 걸 떠나서 장애를 갖고 살기에 가끔 힘들 때는 있지만, "이렇게 힘든 게 그 사람 때문이야."라고 원망하며 살고 있진 않다. 아빠에게 오랜 시간 쌓아왔던 정을 배신한 사람이라면 모를까, 알지도 못하는 사람이라 원망하는 마음은 전혀 없다. 원망이나 후회되는 게 있다면 '사고 당일 그 길 말고 다른 길로 갈걸. 아쉽네.' 이 정도뿐이다.

선물아. 아빠는 지금 이 생활에 만족한다. 아빠에게는 사랑하는 가족이 있고, 어릴 때부터 꿈꿔 왔던 조그만 댄스학원도 운영하고 있고, 아무튼 사고 전보다 요즘 더 바쁘게 휠체어를 타고 잘 돌아다니면서 즐겁게 생활하고 있어. 그렇다면 그분은 요즘 어떻게 지내고 있을까? 내 아픔을 내 가족이 함께 겪었듯이 그분의 아픔도 가족이 함께 겪었을 거야. 아빠가 이렇게 재밌게 행복하게 사는 모습을 보면서도 선물이의 할아버지 할머니는 항상 안타까워하시니까.

그분은 아빠의 모습을 가끔 언론을 통해서 봤을지도 몰라. 아빠는 요즘 이렇게 웃으며 재미있게 사는데, 그분도 아빠와 같은 마음일지 궁금하다. 아빠는 그분의 얼굴을 딱 한 번 봤어. 사고 당시 내 헬멧을 벗겨 주신 그분. '강원래 교통사고 가해자'라는 멍에를 지고 지난 14년을 살았을지도 모른다는 생각에 미안한 마음이 들고 가슴이 먹먹해진다. 그분이 지금 와서 "미안하다."고 해도 내가 할 말은 웃으며 "괜찮아요."라고 밖에 할 말은 없을 것 같구나. 기회가 된다면 한번 찾아뵙고 아빠가 더 미안하다고, 그분 상처 받은 마음을 진심으로 위로해 드리고 싶다.

선물아.

선물이 엄마는 아빠의 깜짝 이벤트를 좋아한다. 그런데 아빠는 모든 일이 깜짝 이벤트 형식이야. 즉흥적이기도 하고 준비하고 있는 일에 대해서 말을 안 한다는 거지. 하지만 선물이는 어떤 일을 할 때 네 의견을 주변 사람들에게 알렸으면 해. 뭐, 말이 많았으면 한다는 그런 게 아니라 그냥 대화가 좀 많았으면 한다, 이 정도로 해석해 주렴.

아빠가 가수 활동할 때 2집 신곡 〈도시탈출〉 뮤직비디오 촬영이 있을 때의 얘기다. 아빠는 댄서 친구들에게 어디에서 무슨 내용으로 어떻게 촬영할 건지에 대한 이야기는 안 하고 뮤직비디오를 찍으니 오라는 말만 했다. 그 친구들은 정장을 입고 뮤직비디오 촬영이 있던 날 사무실로 왔고 우린 다 같이 전세버스를 타고 바닷가에 가서 옷을 벗고 바다로 뛰어드는 장면만 촬영하고 해산했어. 그래도 3집 신곡 〈신세계〉 뮤직비디오 찍을 땐 그나마 몇 마디는 했다. 우리 사무실 지하 안무실에서 연습 중인 댄서 친구들에게 내일 뮤직비디오 찍을 건데, 호명하는 3명만 촬영장에 함께 가고, 나머지 댄서들은 며칠 후 있을 첫 방송 때 실수가 없도록 안무 연습을 하라고 했었지. 그러자 호명된 3명은 아빠에게 "안무는 기존에 맞춰 놓은 안무를 하나요? 의상은 어떻게 준비하죠?"라며 어렵게 말을 꺼냈다. 아빠는 "안무는 즉흥적으로 할 거고, 의상은 의상 팀에서 준비할 거야."라고 했다.

다음 날, 촬영장에 온 댄서 3명에겐 〈신세계〉라는 노래 가사에 맞는 원시인 복장을 의상 팀에서 나눠 줬고, 안무 팀 3명은 그 원시인 의상과 분장에 가발을 쓰고 공룡을 피해 뛰어다니거나 모닥불을 피워 놓고 불을 쬐는 모습 등을 촬영했었다. 나중에 알게 됐지만, 호명된 안무 팀 3명은 어떻게 비디오 찍기 하루 전날에야 알려 주냐며 투덜거리며 밤새 개인기 안무를 연습했고, 이리 저리 전화해서 옷을 빌려 놨다고 하더라. 아빠는 가끔 우울할 땐 그 〈신세계〉 뮤직비디오를 보면서 대화가 부족했던 아빠의 성격을 반성해 본다.

그런데 선물아, 너도 아빠 자식이니까 깜짝 이벤트하는 것을 좋아하지 않을까?

선물아.

아빠가 생각하는 사랑이란, 보고만 있어도 웃음이 나는 것이 아닐까 싶구나. 아직 사랑이라는 것에 대해서 아빠도 잘 모른다. 하지만 사랑하는 선물이에게 적어도 이것만은 아빠의 아들이라서 자랑스럽다는 생각이 들게 해 주는 아빠이고 싶다.

어디선가 누군가에 무슨 일이 생기면 달려 와서 도와주는 짱가라는 로봇이 아빠 어린 시절에는 인기가 있었다. 그 로봇은 입력된 프로그램대로 움직이지만, 아빠는 사람이기 때문에 생각을 하고 판단을 해서 움직이지. 선물이에게 무슨 일이 생겼을 때는 힘든 상황인지, 정말 아빠가 필요한 상황인지 판단한 후 선물이를 도와줄 거다. 아빠는 너의 든든한 지원군이 될 수 있으니 선물이는 네가 하고 싶은 일을 해라. 돈은 벌면 되는 것이니, 하고 싶은 일을 해라. 살다 보면 쾌락과 행복 중에 하나만을 선택해야 하는 순간도 있다. 아빠 생각엔 행복 다음에 쾌락보다는, 쾌락 다음에 행복이 더 나을 것 같으니, 먼저 쾌락을 선택해라. 단, 적당한 쾌락이어야지 너무 심한 쾌락은 말고. 그래야 후회하고 다시 행복을 찾게 될 것이다. 차라리 일찍 바람 부는 것은 괜찮아. 늦바람이 무서운 거지.

세상을 살면서 선물이에게 바라는 것은 많은 사람을 만나고 그들의 전부 다른 성격과 환경, 외모 등에 대해 관심을 가졌으면 좋겠다. 그리고 선물이에게 친한 친구들이 많이 생겼으면 좋겠어. 예전에 아빠 친구 준엽이 아저씨와 어떤 친구가 다투었다. 그때 아빠는 준엽이 아저씨와 그 친구를 화해시키려고 준엽이 몸을 밀치면서 말렸다. 아빠는 당시 화해를 시키는 것이 준엽이 아저씨를 위하는 일이라고 생각했다. 그런데 지금 후회되는 것은 준엽이 아저씨 편에 서서 힘을 합쳐 그 친구를 때려 줬어야 했다는 것이다. 물론 같이 때린다는 것은 잘못된 행동이겠지만, 평생 같이 할 친구를 위하지 못했다는 것, 친구 편에 서지 못했다는 것이 아직도 마음에 걸린다.

선물아. 선물이 엄마는 더없이 착하고 좋은 사람이지만, 딱 한 가지는 배우지 않았으면 싶은 점이 있다. 식당에 가면 간혹 이런 문구가 있다. '반찬은 공짜입니다. 셀프이니 적당히 먹을 만큼만 가져가세요. 남기시면 벌금이 있습니다.' 그런데도 선물이 엄마는 꼭 반찬을 많이 갖고 온다. 조금씩 여러 번 가져와도 될 텐데 꼭 한 번에 많이 갖고 온다. 예를 들어, 된장찌개나 짜장면이나 돈가스를 시켰다고 치자. 선물이 엄마는 메인 메뉴가 나오기도 전에 반찬을 너무 많이 먹어서 막상 며칠 동안 너무나 먹고 싶었던 메인 메뉴가 나와도 즐거워하지 않을 때가 있다. 기다렸다는 듯이 맛있게 먹기보다는 배부르지만 이왕 나온 거 어쩔 수 없으니 먹고 가자는 식이 그동안 참 많았다. 조금 기다렸다가 메인 메뉴를 맛있게 먹어도 될 텐데. 급한 성격이 아쉽다. 선물아. 이런 점은 절대 엄마 닮지 마라.

" 휠체어 탄 사람은 나 혼자란 생각에 사람들 시선이 불편했다.

하지만 나와 같은 장애를 가진 친구들을 만날 때면 신이 난다."

✸ 휠체어 타고 야구장으로

선물아.

한 번은 아빠에게 장애아동시설에 봉사활동을 다니는, '스파인 2000'이라는 인터넷 동호회로부터 '야구장으로 나들이'라는 제목의 메일이 왔단다.

"계절은 한여름을 향해 달려가고 있고 국내 인기 스포츠인 프로야구도 그 열기를 더해가고 있는데, 히어로즈팀이 스파인 2000과 함께 하는 회원들과 장애아동들을 주말 야간경기에 무료로 초대해 주셨습니다. 저희 스파인 2000에서 준비한 여러 가지 음식(치킨, 도넛, 만두, 음료수 등)으로 경기 중 식사도 함께 하면서 아이들을 돌봐 주고 기타 질서유지를 함께해 주실 자원봉사자를 모집하오니 많은 참석 부탁합니다."라는 내용과 함께 시간과 장소 등이 상세히 적혀 있었다.

사실 휠체어를 타는 아빠로서는 몸이 불편하기에 장애 아동들에게 봉사활동을 가면 아이들과 함께 밥 먹고, 사진 찍고, 이야기 나누고, 가끔 내 차를 함께 타고 동네 드라이브나 하는 정도인데, 이번 야구장 모임은 야구를 무척이나 좋아하는 아빠이기에 참석하겠다는 답장을 보냈고, 주말이 기다려졌다.

예전에 야구장을 자주 가봐서 알지만 차가 많이 막힐 것 같고, 주차공간도 협소할 것 같다는 생각에 대중교통인 지하철을 이용해서 갔다. 사실 휠체어를 이용해 지하철을 타면 제일 불편한 것 중 하나가 바로 휠체어 리프트다. 휠체어 리프트가 고장 나서 그냥 집으로 온 적도 몇 번 있었다. 그런데 이번에도 아니나 다를까 2호선을 타고 가다 5호선으로 환승하려는데 영등포구청역에 있는 휠체어 리프트 경사가 너무 심했다. 올라가는 건 그다지 무섭지 않았는데, 내려갈 땐 마치 낭떠러지에 서 있는 느낌이었다.

아빠는 휠체어 리프트 옆에 있는 역무원 호출버튼을 누르고 한참을 기다렸다. 휠체어 사용자가 리프트를 쉽게 조작하면 될 텐데 그동안 조작 미숙으로 리프트 사고가 많이 났고, 유모차나 짐 등을 리프트에 옮기고 자꾸 만지다 보니 고장도 잦아져서 지금은 거의 휠체어 리프트 사용을 못하게 열쇠로 잠가 놓고 역무원을 호출을 해서 그들의 도움을 받아야만 이용할 수 있게 되었단다. 역무원 호출을 하니 친절하게 반대편에 있는 엘리베이터로 안내해 주었다. 다행히 엘리베이터를 세 번 정도 탄 후, 5호선으로 환승해서 무사히 목동 야구장에 도착할 수 있었어.

가브리엘의 집(용산구), 브니엘의 집(구로구), 해오름의 집(용인) 장애인과 봉사자들 약 80여명이 약속 장소인 목동 야구장 앞에서 모였고, 봉사자들이 음식을 들고 장애아동과 함께 휠체어 경사로를 통해서 3루 측 장애인석으로 자리를 했단다. 목동야구장은 장애인 편의시설을 잘 갖춰 놓은 경기장은 아니지만, 그래도 장애인 화장실이나 휠체어 경사로

등 장애인들의 불편함을 없애고자 노력한 흔적은 보였다. 우린 3루 측에 자리를 잡고 다함께 큰소리로 홈팀을 응원했다. 홈팀이 아슬아슬하게 2:1 승리를 거둬서 기분 좋은 관람이었지. 간혹 장애인석에 그냥 앉는 사람들과 시선을 가리는 아이들 때문에 조금 짜증이 나긴 했지만, 이런 짜증도 야구장 오는 재미 중 하나 아닐까.

얼마 전 SNS를 통해 어떤 프로구단에서 "비어 있는 장애인 지정석은 비장애인이 사용해도 되고, 장애인이 와서 그 자리 양보를 원하면 비켜 주면 됩니다."라는 글을 본 적이 있었는데, 아빠는 '그냥 없는 자리라 생각하고 비워두면 안 될까?'라는 생각을 가져 봤다. 노약자석이지만 피곤해 자고 있는 젊은 친구들에게 잠을 깨워 비켜 달라고 하기 미안할 때도 있다. 그때 다른 동료나 친구들이 화낼 수 있고, 그러다가 시비가 붙는 경우도 많아. 장애인석도 그렇고 장애인 주차공간도 그렇고. 노약자, 장애인석 등은 그냥 비워 두고 상대를 배려하는 마음을 가졌으면 좋겠다. 그런 배려가 있다면 장애인들이 더 많이 거리로 나올 것이다. 거리에서 장애인을 흔히 볼 수 있다면 그게 진짜 사람 사는 세상, 행복한 세상이 아닐까?

선문아.

아빠는 평생 휠체어를 타고 생활해야 하기 때문에 휠체어 타는 연습을 재활병원에서도 했고, 퇴원 후 휠체어 장애인들이 운동 목적으로 자주 이용하는 정립(正立)회관 체육관에서도 연습을 했단다. 휠체어를 타는 데 연습까지 해야 하나 싶지만, 잘 달리기 위해 연습하기보다는 앞바퀴에 돌멩이가 걸리거나 허리 중심을 못 잡으면 넘어질 때도 있기 때문에 꼭 필요하다.

휠체어를 타고 배드민턴이나 탁구를 치며 운동하다 보니 평소 안 쓰던 근육인 어깨와 팔이 많이 아팠다. 손가락에도 통증이 많이 생겨 조금 나아질까 싶어 골프장갑을 끼고 휠체어를 밀며 열심히 운동을 했지. 그러던 어느 날, 아빠는 체육관에서 운동하던 중 우연히 휠체어 농구선수를 만나게 되었는데, 그 친구는 아빠에게 "평소 팬이었는데 반갑습니다."라며 악수를 청했어.

허리에 중심을 못 잡는 아빠는 조금은 어렵게 골프장갑을 벗고, 왼손으로 중심을 잡은 채 오른손으로 그 친구와 악수를 했지. 그 친구는 일부러 그랬는지 아니면 힘이 센 건지 아빠 손을 꼭 잡더구나.

아빠 손으로 느껴지는 그 친구의 굳은살들. 그 순간 아빠는 '우와. 이 친구 휠체어를 많이 탔나 보다.'라는 생각을 했다. 그러면서 그 굳은살이 생길 때까지 얼마나 많이 넘어졌고 힘들었을지, 또 얼마나 아팠을지, 다시 힘을 내고, 도전하고, 또 넘어지고, 다시 일어나고 했을 모습이 악수하는 그 5초 동안에 가슴 속으로 전달되더라. 그리고 문득 군대 시절이 떠올랐다. 입대해서 50km 행군 후 발 뒤꿈치에 물집이 잡혀 일주일은 걷지도 못하고 아파했던 기억. 어렸을 때 새 신발을 신으려면 발에 많은 굳은살이 박혀야 했고, 물집도 생겼던 기억도 났다. 그래, 내 몸의 일부가 된 휠체어에 익숙해지려면 당연히 거쳐야 할 통과의례와도 같은 것이겠지.

선물아. 아빠는 그날 이후 어린 아이가 걸음마를 시작하듯 골프장갑을 벗어 던지고 맨손으로 휠체어를 밀기 시작했다. 그리고 열심히 휠체어 운동을 한 덕분에 마른 하체에 비해 어깨 근육과 팔 근육만 두꺼워지고 있다. 지금 이렇게 상체만 커져가는 아빠의 모습이 별로 예쁘진 않지만, 팔씨름 하나 만큼은 예전보다 자신 있다며 스스로 칭찬하며 웃어 본다. 엄마는 거칠어진 아빠 손에 로션 좀 듬뿍 바르라고 잔소리를 하지만, 아빠는 점점 거칠어지고 지저분(?)해지는 아빠 손이 예쁘고 기특하구나.

p.s. 겨울에 휠체어 밀 때는 꼭 장갑을 낀단다.

선물이에게 아빠는

선물아.

얼마 전에 엄마가 선물이 얼굴을 보려고 아빠와 함께 병원에 갔어. 그런데 선물이가 얼굴을 숨기고 있어서 아빠와 얼마나 당황하면서도 웃었는지. 우리 선물이, 벌써부터 엄마 아빠랑 숨바꼭질 놀이를 하고 싶었구나? 다행히 선물이의 귀여운 얼굴을 잠시 볼 수 있었는데, 아빠와 쏙 빼닮아서 아빠가 얼마나 좋아했는지 몰라. 표정 관리가 안 되는 아빠의 얼굴을 보면서 엄마도 기분이 아주 좋았단다.

엄마는 선물이가 너무 고마워. 조금은 무뚝뚝했던 아빠가 요즘은 훨씬 자상하고 세심하고 부드러워졌거든. 지금 엄마한테도 이렇게 잘 표현해 주는데, 우리 선물이가 태어나면 얼마나 더 사랑을 많이 표현해 줄까? 엄마는 아빠가 든든하고 자랑스러워.

주위에서는 아빠가 휠체어를 타고 다니니까 선물이와 함께 목욕탕도 가고, 축구도 하고, 야구하는 데 많은 제약이 따를 거라고 걱정을 해. 그런데 엄마는 그런 경험들이 결코 다가 아니라는 생각이 들어. 아빠는 그보다 더 좋은 선물을 선물이에게 줄 테니까! 더 많은 무엇인가로 선물이의 마음을 채워 줄 거라 믿는다. 엄마는 선물이를 아빠 휠체어에 태우고 신 나게 달릴 아빠의 모습이 상상이 돼서 벌써부터 너무 행복해. 그리고 앞으로 펼쳐질 엄마와 아빠, 선물이의 반짝 반짝 빛날 미래가 너무 기대되고 설렌다.

이제 선물이를 만날 날이 하루씩 다가오네. 선물이를 만날 그날까지 엄마도 많이 노력할게. 선물이의 건강을 위해서 식사도 규칙적으로 하고 간식도 줄이고, 다이어트도 하면서 건강한 엄마가 될 거야.

사랑해, 우리 아가.

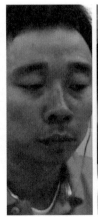

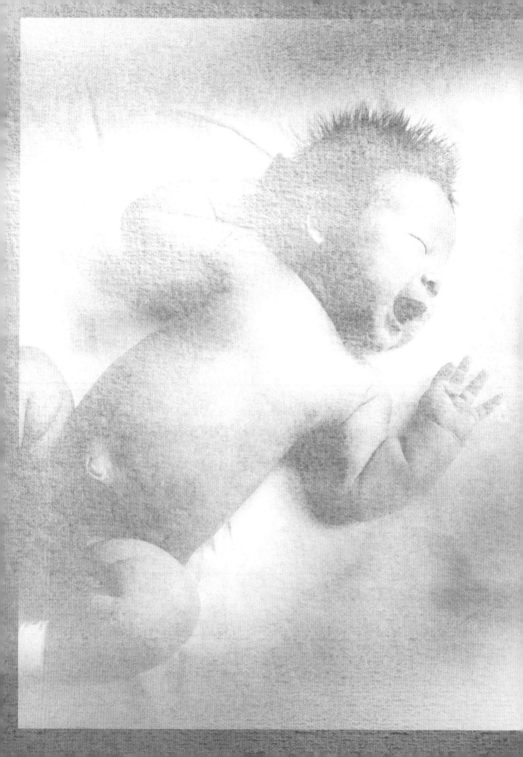

4.

편견을 버리면
모두가
자유로운
세상

아빠의 편지

짜증과 웃음은
종이 한 장 차이

선물아.

아빠는 힘든 상황에서도 웃음을 잃지 않는 사람들을 보면 대단하다는 생각이 든다. 아빠 역시 힘든 상황이 많았고, 그런 상황에서 짜증보다는 웃음을 보였어야 했는데 그렇지 못했기에 후회했던 적이 많았다.

10여 년 전, 아빠가 병원에서 재활치료를 받을 때 일이야. 자기 아들도 나와 같은 하반신 마비인데 고칠 수 없어서 퇴원한다며, 힘들어하는 아들을 위해 또 아들과 같은 반 친구들에게 강원래 씨랑 같은 병원에 있었다고 자랑하고 싶다며 싸인 몇 장을 해달라고 병실로 찾아왔더라. 그런데 아빠는 아주머니께 건네받은 A4용지를 집어던지며 욕을 퍼붓기 시작했다. 아주머니 얼굴 앞에서 마치 눈이 내리듯 A4용지가 떨어져 내렸다.

"자랑하고 싶다고? 장애를 자랑하고 싶다고? 내가 자랑거리, 웃음거리, 구경거리야? 당신 아들도 장애 때문에 힘들어하는 거 뻔히 알면서 난 뭐 지금 이런 상태가 재밌는 줄 알아? 나도 힘들어! 힘들다고!"

그러자 아주머니는 바닥에 던져진 A4용지를 주우며 이렇게 말씀하셨다.

"참, 성격하고는……. 싸인 한 장 해달라는 게 귀찮으면 귀찮다고 해. 자기가 무슨 인기가 많은 줄 아나 봐. 넌 이제 병신이야. 그딴 정신 상태로 살아왔으니 네가 병신이 된 거야. 불쌍한 새끼야. 아이 재수 없어.

괜히 왔네."

아주머니는 병실 문을 쾅 닫고 나가셨다. 아빠는 감정 조절을 제대로 못한 미안한 마음에 후회도 되고 그날 들었던 '병신'이란 말에 눈물도 많이 흘렸다. 그냥 웃으며 싸인 한 장 하면 될 것을……

교통사고 이후 장애인으로 살아야 한다는 현실을 받아들이지 못해 감정조절을 제대로 못하고 폭력적으로 변한 아빠는 많은 사람의 응원과 또 많은 일들을 겪으면서 될 수 있으면 긍정적인 마음을 갖고자 노력했단다. 특히 아빠를 힘나게 만들어 준 장애인들 덕분에 아빠는 사물을 볼 수 있고, 하고픈 이야기를 말할 수 있고, 소리를 들을 수 있고, 감정을 표현할 수도 있다는 걸 알게 되었다. 그러니까 할 수 없는 것보다는 할 수 있는 게 더 많다는 것을 알게 됐고, 걷지 못한다는 이유만으로 세상을 삐뚤게 봤던 아빠 자신을 반성하게 되었다.

선물아. 아빠는 사고 후 5년이 지나 클론 5집을 발표했을 때 친구이자 동료인 준엽이 아저씨와 함께 휠체어를 타고 무대에 올랐다. 사고 이전처럼 밝게 웃으며 〈내 사랑 송이〉를 부르고, 그 노래에 맞춰 춤도 췄다. 우리 무대를 본 사람들이 박수를 보내 줬고, 공연을 마치고 무대에서 내려오니 한 아주머니가 사진도 찍고 싸인을 해달라고 하더라. 그래서 '강원래, 클론, 날짜'가 쓰인 싸인을 해드리고 V자를 그리며 사진을 찍어드렸더니, 아주머니께서 눈물을 글썽이며 휠체어를 타고 살아야 하

66 안식 사진 촬영 때 함께 해 준 엄마 아빠의 친구들 99

는 이렇게 힘든 상황에서도 밝은 모습으로 많은 사람에게 감동과 희망, 꿈을 전해 준다며 칭찬해 주셨다. 칭찬을 받으니 아빠 역시 더 힘이 났다. 아빠는 그저 신 나서 웃으며 싸인 한 장 한 것뿐인데.

어찌 보면 부정과 긍정은 종이 한 장 차이인 듯하다. 세상을 향해 욕하면 세상은 욕으로 대답하고, 세상을 향해 웃으면 세상도 웃음으로 대답한다고 조언해 준 선배 장애인들의 충고를 아빠도 잊지 말아야겠다.

선문아.

어느 날 매일 집에서 컴퓨터 모니터만 바라보고 있는 아빠에게 전화가
한 통 왔다.

"너 휠체어 타고 혼자 돌아다닐 수 있지? 집구석에 처박혀 있지 말고 나
와라. 청담동에 스파게티 맛있게 하는 집이 오픈했는데, 거기 가서 스
파게티도 먹고, 옷 구경도 하고 사람 구경도 하고, 응? 요새 청담동 물
좋아."
"내가 나가기 싫어서 안 나가냐? 사람들 시선도 싫고 특히 날 불쌍하게
바라보는 아줌마들 만나는 거 짜증나거든? 네가 우리 집으로 와. 집에
서 그냥 라면이나 끓여 먹자."

아빠 고집을 못 이긴 친구는 집으로 왔고, 집에서 라면을 끓여 먹으며
눈치를 살피다가 친구는 이런 말을 했다.

"내가 연예계에서 일한 지 20년이 좀 넘었는데 예전에는 좀만 유명해져
도 길거리 다니기가 불편했어. '야! 누구누구 지나간다. 실제로 보니 정
말 못생겼다.'라며 큰소리로 떠드는 사람도 있고, 싸인 해달라며 옷 잡
아당기고, 또 애들은 뒤에서 흉도 보고. 한 10년 전까지도 그랬던 것 같
아. 근데 너 요새 청담동 가봤냐? 그 동네에 가면 싸인 해달라는 사람

별로 없어. 사람들의 시선이 예전이랑 많이 바뀌었어. 내가 인기가 없어서는 아닐걸? 하하. 그 동네 아이들은 길거리에서 연예인을 봐도 그냥 '연예인인가 보다.' 하고 말아. 그러다 보니 그 동네에선 연예인들을 더 자주 볼 수 있게 됐지. 연예인을 특별한 사람으로 취급하지 않다 보니 우리들도 편하게 청담동을 찾게 되더라. 네가 청담동, 아니 대한민국 어딜 돌아다니더라도 네 생각처럼 '나쁜 시선, 편견의 시선'으로 널 보진 않을 거야. 물론 쳐다보기야 하겠지. 다들 걸어 다니는데 넌 휠체어 타고 있으니 말이야. 그래, 네 마음 어느 정도는 이해 돼. 그저 쳐다보는 것만으로도 기분이 나쁘다는 거 알아. 하지만 그들 모두가 나쁜 마음이나 불쌍한 시선으로 널 쳐다보는 건 아니라고 생각해. 그건 네가 그렇게 생각하는 거지, 너를 쳐다보는 사람들이 그렇게 생각하며 보는 건 아니잖아. 네 스스로가 장애인에 대한 나쁜 편견이 있으니 그렇게 느끼는 거야. 너 스스로도 장애에 대한 나쁜 편견을 갖고 있으면서 널 쳐다보는 사람들이 나쁜 편견을 버리길 바라니? 휠체어 타고 길거리 다니기가 불편한 건 사실이고, 그런 환경이 바뀌어야 한다고 생각은 하지만, 사람들이 장애인을 바라보는 시선은 많이 바뀌었다고 생각해. 연예인에 대한 시선이 많이 바뀌었듯이 말이야. 네가 좀 더 자신 있게 휠체어를 타고 다니면서 이것저것 많은 일을 하다보면 바뀌지 않을까? 여기서 '바뀐다'는 것은 사람들 시선도 바뀌겠지만, 네 마음도 바뀐다는 거지. 바꾸는 건 너 마음먹기에 달려 있다고 생각해. 그들이 너를 불쌍하게 본다고 네가 생각하면 그땐 네가 불쌍해지는 거고, 그들이 널 보고 장애를 가지고도 열심히 산다고 생각한다면 넌 멋진 놈이 되는 거야. 내 눈에는 예나 지금이나 넌 여전히 강하고 멋진 강원래로 보여. 네가 휠체어 타고 자꾸 돌아다니면서 우리 눈에 익숙해진다면 다른 장애인들도 자주 나올 거고, 그러다 보면 장애인들을 길거리에서 흔히 볼 수 있는 세상이 되는 거 아닐까? 강원래답지 않게 별것도 아닌 것 가지고 마음 약해지고 그러냐?"

아빠는 그 친구에게 '네가 한번 장애인이 돼봐라. 그런 말이 나오나.' 하고 한마디하고 싶었지만 참았다. 그리고 처음으로 '나부터 바뀌어야지.' 라는 생각을 가져 봤어. 그 친구 말처럼 세상을 검게 만들려면 내가 검은 안경을 끼면 되니까. 신기하게 그날따라 그 친구가 웃겨 보이지 않았다. 항상 나를 웃게 만들던 친구였는데, 이 친구한테 이런 면이 있었구나 하면서. 며칠 후 아빠는 그 청담동 스파게티 집에 가자는 약속을 했고, 휠체어를 타고 신 나게 청담동을 활보하는 아빠 모습을 혼자 상상해 봤단다.

"그날 뭐 입고 나갈까?"

🌿 대한민국 최고의 짐짝

선물아.

강원도 동해시에는 강원도에서 최고, 아니, 대한민국에서 최고이자 세계 최고의 장애인사격선수들이 모여 있는 사격장이 있다. 언젠가 아빠가 강원도 동해시의 한 장애인 단체의 행사에 초대를 받고 참석한 적이 있었는데, 내가 진행했던 KBS '사랑의 가족'이라는 프로그램에 출연한 덕분에 알게 된 사격선수 한 분도 그 행사장에 참석한다고 해서 그분도 만날 겸 사격장도 구경할 겸 댄서후배 승현이의 도움을 받아 동해시에 갔을 때의 이야기야.

행사 장소에는 참석 차 온 많은 귀빈들이 있었고, 행사를 마친 후 동해시장, 동해시 국회의원 등 여러 관계자들과 인사를 나눈 뒤 식사를 했다. 관광호텔 5층에 마련된 뷔페식 식사였는데, 아빠는 휠체어 타는 몸이라 음식을 가져오기가 불편해서 함께 간 승현이에게 차려진 음식 중에 맛있어 보이는 걸로 골라오라고 주문한 뒤 자릴 잡았다. 나중에 알았지만 이 친구는 삼겹살(돼지고기)도 핏기만 없어지면 허겁지겁 입안에 쓸어 담는 식성이었고, 나랑 식성이 달라서인지 내가 즐겨먹지 않는 떡, 김밥, 초밥, 맛살, 닭튀김, 산적, 생선전, 갈비 등을 담아 왔어. 뷔페 음식이 다 그런 건 아니겠지만, 메뉴는 다 달라도 전부 비슷한 양념 맛이 났다.

장거리 운전 탓인지 인사 나누느라 정신이 없었던 탓인지 몇 숟가락 뜨지 않았는데도 아빠는 배가 불렀다. 게다가 왔다 갔다 하며 몇 그릇을 쌓아놓고는 눈을 껌뻑이며 맛있게 음식을 먹는 후배를 보니 배가 더 불러오더라. 그래서 옆에서 열심히 먹는 승현이를 보고 물었다.

"맛있냐?" 그러자 "네, 형. 먹을 만한데요? 형은 더 안 드세요?"라면서 계속 먹어대는 거야. 그 모습이 너무 웃겨서 조금 쳐다보고 있다가 물 한 잔 마시며, "헛배 불렀다."라고 대답했다. 아빠의 대답을 들었는지 못 들었는지 "네?"라며 다시 묻더라. 맛없는 걸 열심히 먹는 데다 선배가 말할 때 듣지도 않고 먹는 모습에 조금은 짜증나서 "헛배. 불. 렀. 다. 고."라며 또박또박 대답을 했다. 그러자 그 후배는 천천히 불고기를 몇 젓가락 집어 먹으며 아빠를 쳐다보곤 "헛배가 누구예요?"라고 물어서 한참을 웃었단다. 행사를 마치고 오는 길에 친한 댄서들에게 이리저리 전화를 걸어 "하하하, 있잖아. 승현이가 하하하." 하면서 헛배사건을 소문냈지. 지금도 가끔 헛배 부를 땐 한 손엔 젓가락을 들고 눈을 천천히 껌뻑이며 헛배가 누구냐고 묻던 승현이 얼굴을 떠올리며 혼자 낄낄거려 본다.

식사를 마친 후에는 사격장에 갔었는데, 그곳은 엘리베이터가 없는 지하라서 수많은 계단을 몸이 불편한 상태로 업혀 내려가거나 휠체어에 앉은 채로 비장애인 두 사람이 들어서 내려가야 하는 위험한 상황이었다. 나 역시 몇 사람의 도움을 받아 들려 내려갔었다. 마치 짐처럼.

아빠는 그날 행사 때 동해시장과 인사를 나누면서 "안녕하세요."라는 말을 하기도 전에 "세계 최고의 실력을 가진 사격선수들에게 총은 못 사줘도 엘리베이터 정도는 후원해 줘야 하는 거 아닙니까? 장애인 올림픽에서 획득한 금메달 9개 중에 3개를 이 사람들이 만들어냈는데……. 영웅들이 짐짝처럼 들려 다녀야 합니까!"라고 막말을 날렸다.

내 목소리에 힘이 실린 건지 아니면 엘리베이터 설치가 되기 바로 전에 내가 막말을 한 건지 확인되진 않았지만, 그 후 몇 주 지나 사격장에는 엘리베이터가 설치되었다고 한다. 아빠의 직설적인 말투가 사람들에게 가끔씩 상처가 되는 경우도 있지만, 그 말 뒤에 숨겨진 아빠의 진심을 사람들이 알아 줬으면 좋겠다. 물론 아빠도 좀 더 부드러운 말투로 진심을 전달할 수 있다면 더 좋겠지만.

선문아.

어느 날 아빠가 장애인 프로그램을 통해 알게 된 휠체어 마라톤 선수에게 연락온 적이 있었다. 며칠 후에 열리는 휠체어 마라톤 대회에 함께 출전하자는 연락이었지. 그 선수가 휠체어 마라톤 협회에 연락해서 참가 등록이랑 운동복까지 준비해 놓을 테니 아빠는 휠체어와 몸만 오라고 했다.

"그래, 참석할게. 힘들겠지만 재밌겠네."라고 대답했다. 그리고 며칠 후, 휠체어 마라톤 대회 참가 신청이 잘 되었는지 또 주차 문제는 어떻게 해야 하는지도 문의할 겸 아빠는 협회 측에 전화를 했다.

"안녕하세요. 휠체어 마라톤 협회죠? 참가 신청이 되었는지 확인하려고 전화 드렸습니다."
"네, 성함이 어떻게 되시죠?"
"네, 저는 강원래라고 합니다. 사실 휠체어 마라톤 선수 소개로 참석하게 됐는데, 혹시 연락은 받으셨는지요?"
"여기서는 그런 연락은 못 받는데요? 참가 신청은 본인이 직접 하셔야 합니다."
"아…… 그래요, 그럼 지금 참가 신청할게요."

아빠는 이름, 주소, 장애등급 등 자세한 설명을 하고, 주차장 문제도 어느 구역에 주차하면 된다는 안내를 받고 전화를 끊으려고 했더니, "저…… 가수 강원래 씨 맞죠? 혹시 대회 전날 전야 축제 때도 오시나요?"라고 묻는 거야.

"네? 전야 축제요? 거기도 참석해야 휠체어 마라톤에 참가할 수 있나요?"
"어, 축제 때 노래 안 부르시나? 잠시만요……." 하더니 이때부터는 조금 멀찍이 작은 소리로 들렸단다.
"야! 강원래 전화 왔는데, 오라 해?"
"누구라고?"
"왜, 가수 강원래 있잖아. 강원래한테 전화 왔는데 전야 축제 때 오라 해, 말라 해? 아, 강원래는 안 불렀다고?"
(전화기 가까이에 대고) "네, 안 오셔도 된답니다."
"뭐라고요? 지금 무슨 말씀하시는 거예요?"
"그러니깐 전야 축제 땐 안 오셔도 되고요. 휠체어 마라톤 대회만 참석하시면 됩니다. 주차 구역은 어딘지 아시죠?"

아빠는 좀 황당했지만, "네, 알겠습니다." 하고 전화를 끊었단다.

전화를 끊고 나서 협회 직원과의 대화 내용을 다시 생각해 보니 화가 나는 거야. '전화해서 한마디를 할까? 참을까? 그래, 참자.' 했지만, 아빠는 화가 안 풀려서 다시 전화를 했다.

"아까 전화한 강원래라고 하는데요."

"네? 곽원태요?"

"제 이름은 강! 원! 래! 고요. 휠체어 마라톤 대회 참가 때문에, 또 주차장 안내 때문에 전화 드렸잖아요. 좀 전에 통화했었는데 기억 안 나세요? 아까 저랑 통화하신 분 아니세요?"

"네, 아닙니다. 근데 왜 그러세요?"

"아까 저랑 통화한 분 좀 바꿔 주세요."

"그분은 지금 통화 중인데요. 왜 그러시죠?"

"그럼 통화 끝날 때까지 기다릴게요. 통화 끝나면 저 좀 바꿔 주세요."

1분쯤 지난 후, 아까 통화했던 협회 직원이랑 통화가 연결이 되었어.

"저, 좀 전에 전화 드려서 휠체어 마라톤 참가 신청했던 강원래인데요. 아까 저랑 통화했던 분 맞죠? 제가 이런 일(아까 통화했던 내용을 이야기해 주고) 때문에 기분이 나빠서 그렇습니다. 전화를 그렇게 받으시면 안 되죠. 개인적인 내용이라면 수화기를 손으로 막고 상대방에게 안 들리게 이야길 하셔야죠. 일부러 저 들으라고 한 겁니까? 저는 휠체어 마라톤 대회에 참가하는 참가자인데 절 더러 '오라 해? 말라 해?' 하고 반말까지 하면서 기분 나쁘게 만들면 안 되죠."

"기분 나쁘셨다면 죄송합니다."

"지금 진심으로 사과하는 겁니까?"

"그러니깐 기분 나쁘셨다면 죄송하다고요."

"사과하는 겁니까. 화내는 겁니까? 진짜 어이가 없네. 거기 책임자 좀 바꿔 주세요."

"지금 자리에 안 계신데요?"

"알았습니다. 저 아까 등록했는데요. 이번 대회엔 참석 안 할 거니까 제가 받은 '등번호'도 취소하고, 문의했던 주차장 문제도 없던 일로 해 주세요. 수고하시고요. 다른 참가자들에겐 전화접수 잘 받길 바랍니다."

'그들'을 위한 행사라면, 적어도 '그들'을 배려하려는 진심이 있어야 한다고 아빠는 생각한다.

❦ 차 안에서의 만찬, 그래도 좋은 이유

선문아.

연예인들은 항상 매니저와 함께 다닌단다. 우리(아빠와 준엽이 아저씨)가 클론으로 활동할 때도 방송에 따라서 매니저뿐 아니라 댄서, 스타일리스트와 함께 움직이는 경우도 있었다. 그런데 요즘 아빠는 혼자 다닌다. 그 이유는 아빠 혼자 방송 스케줄이나 지방 행사 다니는 걸 좋아해서이기도 하지만, 혼자서도 다닐 수 있다는 걸 보여 주고 싶은 마음이 있기 때문이야. 몸이 불편하더라도 약간의 보조 기구(휠체어, 운전 보조장치)와 주변 사람들의 배려가 함께한다면 충분히 혼자 움직일 수 있고 일도 할 수 있다는 걸 보여 주고 싶구나.

한 번은 아빠가 '안전교육 특강'을 위해 경상북도 구미시에 있는 한 전자사업장에 혼자 승용차를 운전해 간 적이 있어. 일찍 출발해서 그런지 약속시간보다 1시간 전에 도착했지. 사실 아침식사도 못하고 출발해서 그런지 출출하기도 했고, 강연을 마치고 나면 낮 4시가 훌쩍 넘는 시간이기에 근처 식당에서 한 끼 식사를 하고 사업장으로 가야겠다는 생각에 식당을 찾아보니 마침 건너편에 '돼지국밥'이란 빨간 글씨의 간판이 보이는 거야. 아빠는 반가운 마음에 그곳으로 차를 돌렸다.

'차에서 휠체어를 꺼내야 하는 불편함이 있고, 막상 식당에 턱이나 계단이라도 있으면 어떡하지? 또 식당에 테이블(식탁)이 없고 바닥에 앉아서 먹는 곳(좌식)이면 어떡하지?'라는 걱정 아닌 걱정을 하며 주차장에 차를 대는데 '전 메뉴 포장 가능'이란 글씨가 눈에 확 들어오더라. 그동안 휴대폰으로 음식을 주문한 후 차 안에서 혼자 밥을 먹었던 경험이 많았기에 아빠는 "돼지국밥 하나 포장해 주세요. 식당 앞 주차장에 있을게요."라고 전화로 주문을 한 후 기다렸어. 다행히 몇 분 후, "아, 몸이 불편하시구나. 맛있게 드이소~" 하시는 아주머니의 정겨운 목소리가 들렸고, 아빠는 차까지 가져다주시는 친절한 서비스에 다시 한 번 감사하단 말을 하고는 괜히 바쁜 척 주차장을 빠져나와 차를 몰고 근처 놀이터 앞 나무그늘에 차를 세웠단다. 그리고는 드디어 설레는 마음으로 국밥을 포장한 비닐 포장을 재빨리 뜯었다. 국밥이 들어있는 큰 그릇과 새우젓, 양념장, 깍두기 통이 눈에 다 들어왔는데, 아뿔싸! 숟가락과 젓가락이 없는 거야!

이걸 어떻게 하지? 깍두기 뚜껑으로 퍼먹어 볼까? 잠시 생각이 들었지만, 가까우니 다시 가보자는 마음으로 포장지를 다시 묶고 차를 돌려 돼지국밥 식당 앞으로 갔단다. 다시 전화를 걸었고, 미안한 마음에 정중히,

"조금 전에 국밥 하나 포장시켰는데요. 포장 안에 숟가락, 젓가락이 없네요. 깜빡하셨나 봐요? 하하하. 죄송한데요. 제가 주차장에 차 대고 있으니 좀 갖다 주실래요? 죄송합니다."
"숟갈, 젓갈요? 그거 달라 케야 주는데, 달라 카시지…… 죄송합니데이~"

마침내 아빠는 국밥집 아주머니께 플라스틱 숟가락 두 개와 나무젓가
락 두 개를 받아 쥔 후, 다시 놀이터 앞 그늘에 주차하곤 미소를 함빡
지으며 '자~ 이제 드디어 먹자! 먹자! 먹자!'라고 맘속으로 외치며 운전
석에 앉은 상태로 휠체어 방석을 식탁 삼아 포장을 뜯었단다. 먼저 소
중한 숟가락과 젓가락을 꺼내고 깍두기 뚜껑을 열고, 새우젓 뚜껑도 열
고, 그렇게 나홀로 만찬을 준비한 후, '양념장을 다 넣을까? 적당히 넣
을까? 경상도 음식이니 좀 짜겠지? 그래. 맛보고 넣자.' 하며 입에 고인
침을 몇 번이나 겨우 삼키고는 국밥이 담긴 큰 그릇을 열었단다. 그리

고 포장된 플라스틱 숟가락을 뜯어 돼지국밥을 휘휘 저었는데, 앗! 밥이 없었다. 그냥 국뿐이었다.

어이없는 웃음이 나왔다. '식당으로 다시 갈까? 전화해서 밥을 왜 안 넣었냐고, 밥이 왜 없냐고 따질까? 따져 봤자 달라고 해야 준다는 대답이나 하지 않을까?' 아빠는 화도 나고 짜증도 났지만, 계속 고이는 침을 삼키며 이런 생각을 하는 내 자신이 하도 웃겨 그냥 먹기로 했다. 국밥그릇에 새우젓을 넣고, 양념장은 포장해 준 비닐봉지에 그냥 버렸다. 그렇게 아빠는 국밥그릇 안에 들어 있는 돼지고기 몇 점과 수많은 새우젓이 헤엄치는 국물과 매운 깍두기로 배를 겨우 채우고는 텅 빈 놀이터 안에 있는 그네를 바라보며 후식으로 껌을 씹고 햇볕을 쬐며 소화를 시켰단다.

선물아. 아빠는……
그래도……
그래도,
이렇게 혼자 다닐 수 있어서 참 좋단다.

🌿 당연하게 생각해 주는 고마운 사람

선물아.

어느 날 선물이 엄마가 외출했다가 들어오는 길에 동네에 오픈한 지 1년 정도 되는 미용실을 처음 갔다 왔다며 아빠에게 얘기를 한 적이 있어. 머리 스타일도 마음에 들고, 에어컨도 시원하게 틀어 준다는 등 이런 저런 수다를 떠는 선물이 엄마의 얘기를 듣고 며칠 후, '강원래의 노래 선물' 라디오 진행을 마치고 돌아오는 길에 동네 미장원 앞에 차를 잠시 세웠다. 차창을 열고 휠체어 타고 가기에 불편함이 없는지 미용실 입구에 혹시 턱이 있는지 없는지를 살펴보니 10cm 정도의 턱이 있더라. 미용실 직원이 있다 했으니 그에게 도움을 청하면 되겠다는 마음에 아빠는 집으로 들어와 전동 휠체어로 옮겨 타고 다시 동네 미용실로 갔다.

그런데 막상 미용실 입구까지 가보니 한 남자직원이 땀을 뻘뻘 흘리며 나무판자(가로 100cm × 세로 100cm 정도 사이즈)를 톱으로 자르고 못질까지 하면서 경사로를 만들고 있는 거야. 그 모습을 본 아빠가 놀라서 그 남자직원에게 물어봤어.

"고맙습니다. 혹시 저 때문에 만드시는 거예요? 근데, 제가 올 걸 어떻게 아셨죠?"
"아까 차 창문 열고 경사로가 있는지 없는지 확인하시는 걸 봤어요. 그래서 휠체어 타고 입구로 들어오시기가 불편하실 것 같고 해서 지금 급

하게 만들고 있어요. 원래 미용실 오픈 때는 경사로를 만들어 놨었는데 승용차들이 미용실 앞을 지날 때마다 불편할 것 같아 치웠거든요. 아차 싶어 지금 다시 만드는 중이었어요."

"네. 고맙습니다. 이 정도 턱이면 휠체어를 살짝만 들어주셔도 될 텐데 괜히 저 때문에……" 하며 미안한 마음에 말끝을 흐리니 그분이 그러는 거야.

"아뇨. 당연히 장애인들이 편리하게 사용할 수 있는 경사로가 있어야 하는데 그걸 만들었다가 치워 버린 저희가 더 죄송하죠. 더운데 어서 들어가세요. 아직 다 만든 게 아니라 위험할 수 있으니 조심해서 올라 오세요."

경사로가 완성되진 않았지만 그래도 아빠는 전동 휠체어를 타고 편하게 들어갈 수 있었고, 시원한 미용실에서 머리를 편하게 다듬었단다.

"누가 시켜서 하는 게 아니라 자기가 좋아서 저러는 거예요."라며 아빠 머리카락을 손질하던 미용실 원장님의 직원 칭찬이 계속 이어졌다.

선물아. 아빠는 땀을 뻘뻘 흘려가며 나무판자로 경사로를 만드는 모습을 보며 저런 멋진 친구들이 있는 한 대한민국은 아직 살만 한 곳이란 생각을 가졌단다. 이런 배려가 곳곳에서 일어난다면 다르지만 함께 하는 세상이 될 수 있겠지.

세상에는 날개 없는 천사들이 많이 산다.
훈훈한 세상.
박수와 함께 칭찬해 주고 싶구나.

宣:SUN:SON

❦ 할머니의 귀여운 실수

선물아.

하루는 용인시청 노인복지관 챠밍 댄스 팀장으로 활동 중인 선물이의 할머니께 연락이 왔는데, 할머니는 챠밍 팀과 함께 더 멋진 무대를 만들기 위해 아빠가 운영하는 강릉에 있는 댄스학원에 안무를 배우러 오셨다가 연락을 하신 거였어.

"여서 아~들한테 춤 자알 배우고 있다. 잘 못 추는 할마시들이 많아가 아~들이 고생이 많은데 돈(수고비)을 안 받을라 하네……. 우야꼬(경상도 사투리)?"
"괜찮아요, 수고비 안 주셔도 되고요. 맛있는 거나 좀 사 주세요."
"그래도 되나?"

할머니는 어제는 어디서 뭘 먹었고, 누가 어떤 춤을 가르쳐 줬고, 연습실이 지저분해서 청소도 했고, 춤 연습할 때 먼지가 많이 나서 목이 아팠다는 둥 이런 저런 이야기를 하시다가,

"맞다! 강릉에 요술쟁이 왔더라~ 그리고……."
"누구요? 누가 왔다고요?"
"와~ 가 있잖아~ 꿍따리유랑단에서 요술 부리는 아 왔더라."
"아~ 성진이(조성진/절단장애/한손마술사)가 강릉에 갔나 봐요. 올해 꿍

따리유랑단 공연 중에 그 친구가 춤추는 부분이 있는데 연습하러 갔나
봐요."

"아, 그래서 왔구나. 가하고 난쟁이도 같이 왔더라. 난쟁이 그 알라 노
래 잘하대? 우리 할매들 춤 연습하는 데 힘들까 봐 요술쟁이는 요술 보
여 주고, 난쟁이는 노래 불라 주고, 아따~ 착하고 잘하고 대단하더라."

선물아. 아빠는 순간 쿡 웃음(?)이 나왔다. 웃지 말아야 하는 상황인데 아빠도 모르게 웃음이 나온 거야. 우리 어머니께 요술쟁이가 아니라 마술사라고, 또 난쟁이는 잘못된 표현이니 그렇게 말하면 안 된다고 알려 드려야 하는데, 순간 적당한 표현이 떠오르지 않았고 "연습 잘하고 오세요." 하고는 전화를 끊었단다.

사실 난쟁이, 혹부리, 꼽추, 귀머거리, 벙어리, 절름발이, 봉사, 외팔이, 앉은뱅이 등등 이런 표현들은 장애인을 무시하거나 차별하는 뜻이기에 아빠가 진행하는 라디오 방송에서도 항상 조심하고 바른 표현을 하라는 지적이 있는데, 어머니께서는 웃으며 '난쟁이, 요술쟁이'라고 표현을 하신 거야. 물론 일부러 그 친구들을 차별하거나 무시하거나 기분 나쁘라고 하신 말씀은 아닌데, 언제부터 그런 말이 만들어져서 우리에게 알게 모르게 학습이 된 건지. 어쨌든 50~60년대 한국전쟁의 상처를 이겨내고 열심히 살아보려는 우리나라 국민들에게 기쁨과 즐거움, 꿈과 희망을 전해 주고자 전국 방방곡곡을 다니며 공연했던 진짜 '유랑단'다운 느낌을 받으셨기에 그런 표현을 하신 것 같다는 생각이 들어.

선물이 할머니, 참 귀여우시지?

선물아.

사람은 새처럼 하늘을 날지 못한다. 날지 못하기에 아예 날고 싶은 마음을 갖지 않는다.

"새처럼 또는 비행기처럼 인간 스스로 날아 볼 수 없을까?"라는 상상은 할 수 있겠지만, 하늘을 자유롭게 날지 못한다고 해서 마음에 상처를 받고 심지어는 자살까지 생각해 본 사람은 없을 거야.

그래. 아빠는 걷지 못한다. 교통사고 때 입은 흉추 3번 척수 손상으로 완전 마비인 상태, 그러니까 가슴부터 발끝까지 스스로 움직이지 못하고 감각도 느끼지 못한다. 사고 전에는 움직이고, 걷고, 뛰고 했지만, 지금은 어떻게 움직였고, 일어섰고, 걸었고, 뛰었는지, 또 발이 아팠는지, 간지러움이 뭔지, 뜨겁고 차가운 게 뭔지, 배고픔이 뭔지, 오줌 마려운 게 뭔지⋯⋯ 전혀 기억이 안나.

그렇게 감각이 없어지고 감각에 대한 기억조차 잃어버리니까 아빠는 '걸어야 한다'는 욕심도 없어졌다. 축구 경기를 보면 나도 모르게 "슛!"을 외치면서 발을 움직였던 기억이 있다. 그런데 지금은 그때 어떻게 움직였는지 기억이 안 난다. 권투 경기를 지켜보다 "이렇게 좀 때리지." 하면서 온몸을 뒤틀며 응원했었는데, 지금은 입으로만 응원을 한다.

선물아. 사람은 날지 못하기에 사람이 사람에게 날지 못한다고 놀리거나 따돌리거나 걱정하는 경우는 없을 거야. 영화처럼 하늘을 자유롭게 날 수 있는 슈퍼맨이 있다고 치자. 그 슈퍼맨이 사람들에게 하늘을 날지 못한다고 불쌍하다는 듯이 눈치를 준다면 사람들은 어떤 생각을 가질까? 비행기가 없던 아주 옛날이라면 모를까, 아마 사람들은 '새처럼 날개가 없어 날진 못해도 비행기 타면 바다 건너 먼 곳까지 갈 수 있는데 왜 하늘을 날 수 없다고 날 불쌍한 눈빛으로 보는 거지?'라고 생각할 거야.

아빠가 예전에 비행기를 탔을 때의 일이야. 아빠는 지정받은 좌석에 앉기 위해서 타고 있던 일반 휠체어에서 기내용 휠체어로 옮겨 탔고, 좁은 비행기 복도를 지나 좌석에 옮겨 앉기 위해 승무원들의 도움을 받았다. 그 과정에서 아빠가 실제로 느끼는 불편함은 크지 않았지만, 그 과정을 지켜보는 주변 승객들은 '비행기 한 번 타는데 많이 번거롭고 불편하겠다.'라는 걱정스럽고 안타까운 시선을 보냈고, 아빠는 사실 그 시선들이 불편했다.

비행기를 타고 오는 내내 마음이 불편해서 이 생각 저 생각이 들었고, 그들이 날지 못하기에 비행기를 이용하는 모습이나 내가 걷지 못하기에 휠체어의 도움을 받는 것이나 별다른 차이가 없다는 생각을 했지만, 그들의 시선에 아빠는 따돌림을 당하는 느낌이었어. 그러다가 아빠는 웃긴 상상을 해 봤다. 슈퍼맨이 비행기 옆을 슝~ 하며 날아가다 뒤돌아서 비행기 안 승객들을 들여다보고는 "쯧쯧쯧. 사람들은 날지 못해서 비행기 따위를 이용하는군." 그리고는 고개를 저으며 안타까운 시선을 보낸 후 다시 날아가는 슈퍼맨의 모습을.

그래, 아빠는 걷지 못해도 휠체어를 타고 대중교통이나 자가용을 이용해서 어디든 갈 수 있다. 물론 등산이나 바닷가 등 휠체어를 타고 갈 수 없는 곳이 있긴 하지만, 그런 곳도 주변 사람들의 도움으로 충분히 갈 수 있고, 가서 함께 어울리는 데 큰 불편함이 없다. 사실 아빠는 걷지 못해서, 볼 수 없어서, 듣지 못해서, 말할 수 없어서 불편하기보다는 못 걷고, 못 보고, 못 듣고, 말 못한다고 차별하고 따돌리고 동정의 시선으로 쳐다보는 것이 더 불편하다.

'몸도 불편한 사람이 이런 데 뭐 하러 왔어요.'라는 동정의 시선, 불편한 시선보다는 '잘 왔어요. 함께 즐깁시다. 불편한 점 있으면 기꺼이 도와드릴게요.'라는 시선으로 반겨 주고 배려해 준다면 하늘을 날 수 있든 날지 못하든 상관없이 다함께 신 나는 마음으로 인생을 즐기며 살 수 있지 않을까?

선문아.

자신의 생각을 메모하고, 또 그 생각을 주변 지인들에게 알리고자 주로
사용하는 SNS 아니? "나 강원래가 누구보다 잘 놀았던 그 바닥을 떠난
건 너 때문이야⋯⋯. 알지?(2012.10.21)"라는 글이 언론에 소개되어 알
려지고 나서 많은 사람이 아빠에게 "강원래 씨가 말하는 너라는 존재가
도대체 누군지?"라고 질문을 던졌어.

아빠가 지칭한 '너'는 한 명의 사람이 아니었기에 누굴 꼬집어서 밝힐
순 없었지만, 그래도 밝히라 하면 '편견' 그러니깐 '편견과 선입견을 가
지고 장애인을 대하는 사람들'이라고 표현하는 게 정답일 듯해. 그러니
까 '너'는 '내'가 될 수도 있고, '우리'가 될 수도 있는 거야.

아빠는 교통사고로 하반신 마비라는 지체1급 장애의 몸으로 다시는 운
전을 못할 줄 알았다. 그런데 하반신 마비인 상태로도 오토바이나 승용
차에 장애 보조 장치를 장착하면 면허증도 딸 수 있고, 운전도 할 수 있
다는 정보를 알게 되었단다. 장애인이 되기 전에 면허증을 소지하고 있
었다면 면허증 갱신도 가능하다는 이야길 듣고 아빠는 강남 면허시험
장을 찾았다. 가보니 양손과 양팔을 사용하는 데 불편함이 있는지 없는
지 운동 능력을 측정한 후, 장애인 면허증으로 갱신해 주었어. 그런데
면허증을 보니 예전에 내가 갖고 있던 2종 보통은 갱신이 되었는데 2종

소형 면허는 없어졌더라고. 그래서 왜 2종 소형은 없냐고 물어보니까 면허시험장 직원이 "또 오토바이 타시게요? 그렇게 되고도 정신 못 차렸어요? 취소됐어요."라고 말하는 거야.

"125cc 이상의 오토바이를 두 바퀴가 아닌 세 바퀴도 있을 텐데 무작정 취소하면 안 되죠! 장애인이 승용차 운전하는 건 되는데 세 바퀴 달린 오토바이 운전은 안 돼요? 그럼 원동기 면허 125cc 세 발짜리 운전은 가능한가요?"라고 아빠는 되물었다. 자세한 규범이 담긴 대답(정답)을 기대했지만, 그 직원은 "이젠 오토바이 타지 마세요. 또 사고 납니다. 다시 걸을 수 있을 때 오세요."라며 편견과 농담 섞인 대답을 하더구나.

아빠는 편리함 때문에 인터넷 쇼핑을 자주하는 편이야. 그런데 막상 인터넷으로 구입하면 사이즈와 색깔이 모니터 화면으로 볼 때와는 차이가 있을 때가 많다. 사실 교환도 힘들고 해서 바람도 쐴 겸 휠체어를 타는 친구와 선물이 엄마, 이렇게 셋이서 동대문에 위치한 쇼핑몰에 갔어. 늦은 시간인데도 주차장에 차도 많고 사람도 많더라. 지하 주차장에서 매장으로 올라가는 일반 엘리베이터가 몇 대 없었지만, 그걸 이용하려는 사람들은 워낙 많아서 만원으로 몇 번을 그냥 보내야 했다. 이후 엘리베이터가 섰지만 사람들은 휠체어 두 대를 보고는 양보하기가 싫었던 건지 아니면 쑥스러웠던 건지 휴대폰만 들여다볼 뿐 우릴 외면하는 눈치였어. 그리고 우릴 놔둔 채 올라가기를 반복했다. 어떻게 할까 고민하다 결국 "우린 이 세상에 짐 같은 존재야."라는 농담과 함께 화물용 엘리베이터를 타고 쇼핑몰로 올라가기로 했다. 그런데 화물용 엘리베이터에 휠체어가 두 대나 타니 먼저 타고 있던 아저씨가 그 안에 있던 생수통을 힘들게 옮기며 우릴 보고 짜증을 내셨다.

"쯧쯧쯧. 이렇게 힘든데 뭐 하러 나와. 옷 사러 왔다고? 뭘 장애인이 옷을 사? 그냥 집에나 있지."

그 아저씨가 안타까운 마음에 우리에게 하고자 했던 위로의 이야기라는 걸 안다. 근데 아빠는 우리 같은 사람도 쇼핑도 하고, 영화도 보고, 바람도 쐬고 싶다고 자신 있게 대답하고 싶었지만, 그러지 못하고 고개만 푹 숙이고 있었다.

한 번은 맛집이라고 소문난 기사 식당에 갔는데 식당 앞에 택시들이 빽빽하게 주차를 해놔서 휠체어를 타고 그 틈을 지나갈 수 없었어. 그래서 그곳에 같이 간 동료가 휠체어가 지나가기 좁으니 차 좀 빼달라고 시키고 그 앞에서 기다리는데, 식당으로 들어가던 초등학생으로 보이는 꼬마가 아빠를 보며 "와, 장애인이다." 하는 거야. 옆에 있던 엄마가 "쉿! 조용히 해. 그런 말 하는 거 아냐." 했지만 아이는 아는 척이 하고 싶다는 듯 "휠체어 탄 사람을 장애인이라 부른다고 학교에서 배웠어. 그렇죠? 장애인 맞죠. 아저씨?" 하면서 아빠에게 묻더라. 아빠는 그저 고개를 끄덕였다. 그러자 엄마는 아이에게 화를 내면서 "그런 말 하는 거 아니라니깐! 누가 너보고 병신! 병신! 하면 넌 기분 좋아? 죄송합니다. 아저씨." 하며 식당으로 들어가는 거였다.

아는 동생이 한 인터넷 게시판 주소를 복사해서 메일로 보내 주었다. "강원래는 돈에 미친 사람이다. 직접 휠체어를 타고 어느 지점 무슨 은행에 얼마를 저금했고, 강원래가 사는 집은 어디고, 그 집에 가보니 송이는 어떤 옷차림이고, 돈 때문에 송이가 강원래랑 사는 것 같았고, 강원래가 하반신 마비니깐 김송은 앞으로 바람을 필 것이며, 부부관계와 성관계는 어쩌고저쩌고 하고 결국 돈은 김송이 다 가질거니 김송 땡잡았다."라는 내용의 글이었다. 게시판에 자세히 보니 그 글을 올린 사람의 메일주소가 있어서 그 주소로 메일을 보내 글의 삭제를 부탁했다.

며칠 후 그 은행에 가서 위의 내용의 글을 자세하게 프린트해서 보여주고, 이런 이유 때문에 앞으로는 다른 은행과 거래를 해야겠다고 이야기를 했다. 은행에서는 "저금하신 내용이 외부로 알려지게 된 점 사과드린다."라는 얘기를 들었다. 그 후 메일을 확인해 보니 당사자에게 답메일이 왔는데, 그 글은 삭제했다며 집이 어딘지 아니 직접 찾아와서 사과를 하겠다고 하기에 아빠는 괜찮다고 했다. 하지만 그분은 며칠 후 집으로 찾아왔더라. 그런데 케이크를 들고 나타난 사람은 다름 아닌 초등학교 3학년 여학생이었어. 알고 보니 아빠가 거래하던 은행 직원의 딸이었다. 그 학생은 아빠에게 이렇게 사과를 했다.

"본사에다 이야기하지 마세요. 제 잘못 때문에 우리 아빠가 금융실명제 위

반으로 처벌 받을 수 있어요. 아저씨 잘못했어요. 한 번만 용서해 주세요.”
아빠는 그 아이에게 “괜찮아. 너 잘못한 거 하나도 없어.”라고 위로해
주었다. 진짜 “이 세상에 못된 자식은 없고, 못된 부모만 있을 뿐이다.”
라는 말이 맞는 것 같다.

선문아.

아빠가 2005년에 발표한 클론 5집 《VICTORY》의 11번 트랙, 〈지금
도…(Interlude)〉의 가사 중에는 이런 내용이 있단다.

"집에서, 시설에서, 조용히 갇혀 지내던 장애인들의 목소리가 한꺼번에
터져 나온 건 2001년 1월 22일 오이도역에서 발생한 휠체어 리프트 추
락사고로 한 장애인이 목숨을 잃은 후였습니다. 장애인들이 일제히 거
리로 쏟아져 나와 장애인의 이동할 권리를 외쳤습니다. 사람들은 그런
장애인들을 보고 눈살을 찌푸렸지만, 우리에겐 목숨을 건 투쟁이었습
니다. 우리의 투쟁은 헛되지 않았습니다. 2004년 말 '교통약자 이동편
의 증진법'이 제정되었고, 장애인이 이동할 권리를 보장 받은 것입니다.
서울시에서 지하철 역사에 엘리베이터를 설치하고 있고, 저상버스도
시범 운행하고 있습니다. 하지만 우리가 갈 수 없는 지하철역이 더 많
고 우리가 탈 수 없는 버스가 훨씬 더 많습니다. 그래서 우리는 아직도
자유롭지 못합니다."

사실 휠체어를 타고 대중교통을 이용하는 장애인을 길거리에서 흔히
볼 수는 없다. 인도와 차도의 높이가 다르기에 휠체어를 타고 버스를
이용하려면 몇 사람이 힘을 모아서 들어올리는 경우가 많고, 택시를 이
용한다 해도 휠체어를 택시 트렁크에 싣기가 힘들다. 사실 택시 트렁크

에는 가스통이 실려 있어서 제대로 싣기가 쉽지 않다. 그나마 휠체어 장애인들이 편하게 이용하는 대중교통 수단이 바로 지하철이다. 물론 그것도 수도권에 한해서겠지만.

반갑게도 지하철에는 장애인석이 만들어져 있다. 세 명이 앉을 수 있는 좌석을 떼어낸 장애인석에는 유모차나 휠체어를 편히 댈 수 있고, 그 덕분에 승객들의 불편을 덜 수 있게 됐다. 전동 휠체어나 유모차는 덩치가 커서 출입구 쪽에 있다 보면 타고 내리는 일반승객들이 불편해하는 경우가 종종 있기 때문이야. 아빠도 휠체어를 타고 지하철을 이용할 때면 장애인석을 이용한단다.

한 번은 아빠가 밤늦은 시간에 전동 휠체어를 타고 지하철을 이용하는데, 장애인석에 몇 명의 일반인(비장애인)들이 기대어 있기에 그들을 쳐다보며 자리를 양보해달라고 눈치를 줬다. 그런데 그들은 양보는커녕 음악을 듣는지 오락을 하는지 문자를 보내는 건지 스마트폰만 쳐다보며 있었다. 내가 복잡한 출입구를 피해 자리 잡아야 할 장애인석에 그들이 편히 기대고 있었다. 몇 정거장 후에 그들이 내렸고, 결국 아빠는 전동 휠체어를 몰고 "죄송합니다! 좀 비켜 주세요! 미안합니다!"라고 큰소리로 이야기하며 장애인석에 자리를 잡았다. 그런데 지하철이 출발하니 방금 탄 술에 취한 승객이 내 휠체어 옆으로 넘어진다. 넘어진 친구를 부축하며 옆에 있던 사람이 술에 취한 목소리로 "야 정신 차리자! 어? 누가 보면 우리도 장애인인 줄 알겠다. 하하."

순간 난 그들을 쳐다봤고 그들은 날 보며 반가운 듯 "어! 강원래 씨네? 연예인이 지하철 타고 다니시네요?" 아빠는 "네."라고 짧게 대답한 후, 나도 스마트폰만 멍하니 쳐다보고 있었다.

선물아. 장애인에 대한 편의시설과 환경은 점점 나아지고 있는 반면, 장애인에 대한 편견은 여전하다는 현실이 아빠는 많이 안타깝다.

🌿 나와 그들에게 필요한 건

선문아.

아빠가 하루는 국립재활원에서 동료상담가로 추천을 받아 재활치료를 받고 있는 척수손상환자 4명을 만나서 '장애를 갖고 세상을 잘 살아가는 방법에 대한 이야기'를 해달라는 연락을 받았단다.

국립재활원. 이곳은 아빠 역시 재활치료를 위해 예전에 자주 찾았던 곳이기에 익숙했고, 또 장애를 갖게 되면 어떤 생각을 갖는지 또 어떤 점이 궁금한지 알기에 아빠는 그들을 만나러 갔다.

재활병원 로비에서 휠체어 탄 모습이 어색한 환자 4명과 보호자들……
아빠는 그들을 만나 천천히 휠체어를 타고 병원 밖으로 나가서 근처 식당에서 저녁식사를 하며 이야기를 나누기로 했다. 전신마비 장애 4개월 차인 23세 청년은 식당으로 자리를 옮긴 후, 실내니깐 덥다고 윗옷을 벗으라는 보호자의 권유에 다시 입기 불편하니 그냥 놔두라며 짜증을 냈다. 지금의 현실이 짜증과 분노 투성이란 걸 얼굴 표정으로 보여주고 있었지.

하반신 마비 장애 6개월 차인 20세의 예쁜 여자아이는 아직은 자신의 장애가 믿겨지지 않는 듯 아빠를 보며 "연예인을 실제로 봐서 신기해."
라며 입가에 미소를 띠고 있었고, 전신마비 장애 3년 차인 55세 형님

240 : 241

은 "전신마비의 몸으로 내가 할 수 있는 게 뭐가 있을까요?"라는 질문을 한 번 하고는 아무 말 없이 고개만 숙이고 계셨다. 하반신 마비 장애 6년 차인 18세 고등학생은 앞으로의 꿈은 방송국에서 프로듀서로 일하는 것이라고 했다. 자주 돌아다녀서 휠체어도 튼튼한 걸로 바꿨다고 자랑한다. 평소 성격이 활발해서인지 친구들도 잘해줘 지금의 장애 정도로는 살 만하니 더 나빠지지만 않았으면 좋겠다고 하더구나.

이들에게 뭔가 희망을 줄 수 있는 이야기를 나누려고 하는데, 그들이 나를 쳐다보는 눈빛에 아빠의 마음이 불편했다. 10여 년 전 병원생활을 할 때 휠체어를 탄 장애인들을 만날 때마다 아빠 역시 그들에 대한 거부감이 있었기 때문이다. 그 당시 아빠는 '퇴원할 때 휠체어에서 일어나 건강한 몸으로 걸어서 나가야지.' 생각했는데 자꾸 환자복이 아닌 사복을 입은 장애인들이 아빠에게 "다시는 예전처럼 일어서서 춤추지 못하니 휠체어 댄스를 춰봐라."라는 응원(?)덕에 짜증을 냈던 기억이 있기 때문이야. 이들은 나에게 뭔가 희망이 될 만한 이야기를 기대할 텐데, 어떤 이야기가 이들에게 희망이 될까? 아빠도 지금의 현실이 힘들 때가 많은데, 이들에게 과연 어떤 희망을 줄 수 있을까?

아빠는 일단 친해져야겠다는 생각에 가벼운 유머부터 풀어나갔고, 날씨 이야기, 연예인 이야기를 하면서 병원생활 이야기도 했다. 그 후, 그들의 정신 상태가 어떤지 물어봤다.

"힘들고, 짜증나고, 화나고, 죽고 싶고, 세상을 향해 욕하고 싶고, 그렇지 않습니까?"

"힘들어서 자살도 생각해 봤어요."

"그런 생각을 하는 여러분은 미친 게 아니라 지금의 그 정신 상태가 지극히 정상입니다."

아빠는 그렇게 대답을 해 줬다. 이 세상 어떤 사람이 건강하게 잘살고 있다가 어느 순간 갑자기 걷지 못하고 만지지 못하는 전신마비 장애인이 되었을 때 어느 누가 "웃으면서 이 정도쯤이야 괜찮다."라고 할 수 있겠느냐고. 지금 짜증나고 화나는 부정적인 생각을 갖는 것이 정상이니 가족들도 이해하며 지내주길 바란다는 이야기와 함께 지금 이런 분노의 상태를 이해하여 오래 끌지 말고 1~2년 안에 자신의 장애를 인정하길 바란다고 말했다.

대화 도중 20세 여자아이가 "제가 다시 걸을 수 있는 확률은 어떤가요?" 하는 질문에 "나을 겁니다. 운동신경이 돌아와 다시 걸을 수 있고 느끼는 감각을 되찾을 겁니다."라고 그들에게 시원하게 말했으면 좋겠는데, 그런 대답이 아닌 "지금 이대로의 자기 자신을 사랑하며 자신감을 되찾아 다시 시작하면 됩니다. 사는 방법이 조금 달라진 것뿐입니다. 달라진 삶이 익숙해질 때까지 천천히, 아주 천천히 서로들 노력해야 할 겁니다."라고 대답하는 아빠의 목소리에도 사실 힘이 없었다. 그래도 고맙다며 이렇게 만나서 이야기 나눈 것만으로도 큰 힘이 됐다는 환자들의 응원에 아빠는 좀 쑥스러웠다.

여태껏 우린 장애인들에게 "당신은 어디가 불편하니 무엇은 하지 마라. 그런 몸으로 일은 커녕 어떻게 혼자 살겠냐?" 식의 부정적 시선에서 장애인을 바라봤고, 그들은 그렇게 소외되어 버려졌다. 물론 부정적인 시선도 불편함을 바라보는 안타까움에서 나온 말이겠지만, 안 된다, 못한다고 하기보다는 "지금도 최고야. 여전히 멋있어. 할 수 있는 일이 분명 있을 거야."라는 칭찬이 더욱 필요하지 않을까.

몇몇 사람들은 휠체어를 타고 생활하는 아빠에게 "왜 휠체어를 타냐." 라고 지팡이나 목발로 걸을 수는 없냐고, 열심히 운동해서 그깟 장애 극복하고 이겨내라고 한다. 그런 게 기적이라고. 그러나 아빠 생각은 죄송하지만, "극복하세요."라는 말은 더 이상 듣기 싫으니 이제는 "받아들이세요." 그리고 "재밌게 사세요."라고 응원해 줬으면 좋겠구나. 선물이도 아빠의 이런 생각에 틀림없이 동의해 줄 거라고 믿는다. 그리고 이렇게 생각하는 아빠가 멋지다고 칭찬해 줬으면 좋겠다.

그래 줄 거지, 선물아?

❧ "아, 그래요?"가 내게 준 결심

선문아.

아빠가 예전에 라디오 프로그램을 진행하러 생방송 스튜디오에 들어가
다가 휠체어 바퀴가 입구 문턱에 걸리는 바람에 앞으로 넘어져 주변 스
텝들을 당황하게 한 적이 있었단다. 그때 음향감독과 담당 PD가 신속
하게 내 몸을 들어 휠체어에 올려 주었고, 그 덕에 다행히 생방송 시간
에 늦지 않게 준비를 잘해서 방송을 시작할 수 있었다. 몇 곡의 노래가
나간 후, 휠체어를 타야 하는 장애가 있지만 그래도 열심히 살아보려고
한다는 청취자 사연을 소개했고, 초대 손님인 연예부 기자와의 시간이
되었다.

연예부 기자가 그동안 방송을 함께 하면서 궁금했던 휠체어에 대한 궁
금증을 아빠에게 물어봤다.

"원래 씨는 왜 자동으로 움직이는 휠체어를 타지 않으세요?"
"아, 전동 휠체어요? 전동 휠체어는 무겁고 부피가 커서 승용차에 실리
지 않아 불편합니다. 또 제가 손과 팔엔 장애가 없어 수동 휠체어 밀고
다니는 게 더 편해요. 좁은 공간도 들어갈 수 있고⋯⋯."
"아~ 그렇구나. 전에 제가 TV를 통해 원래 씨가 휠체어를 타고 일어서
있는 걸 봤거든요? 지금 타고 계신 휠체어도 일어섰다 앉았다 하는 그
런 휠체어인가요?"

"아니요. 일어설 수 있는 '스탠딩 휠체어'는 이것보다 조금 더 큽니다. 그 휠체어는 활동적이지 못해서 집에서만 사용합니다. 기계를 이용해서라도 자주 서 주어야 혈압 조절, 척추 측만증, 골다공증 등의 합병증을 예방할 수 있죠."

"아니, 휠체어가 그렇게 많아요? 원래 씨는 휠체어가 몇 대 있어요?"

"제가 사용하는 휠체어는 스탠딩 휠체어, 활동용 수동 휠체어, 샤워용 휠체어 이렇게 3대가 있어요."

"아~ 그래요? 샤워할 때는 그냥 서서 하시는 줄 알았는데……."

"전 서지는 못합니다."

"설 수 없어요? 감각은요? 감각도 없나요?"

연예부 기자는 서지 못한다는 대답에 당황했는지 내 다리를 만지기까지 했다.

"죄송해요. 아~ 미안해요. 제가 말실수를 했나 봐요. 정말 미안해요. 그럼 샤워용 휠체어는 물에 항상 젖을 텐데 괜찮나요?"

"샤워용 휠체어는 고무와 녹슬지 않는 알루미늄으로 만들어져 있어서 괜찮아요. 가격은 40만 원 정도입니다. 5년 정도 사용했는데 불편함이 없어요."

"미안해요. 제가 잘 몰라서 그래요. 누가 휠체어에 대해서 알려 주는 것도 아니고 TV에 장애인에 대한 이야기가 나오면 그냥 남의 이야기처럼 한 귀로 듣고 한 귀로 흘려서 그런 것 같네요. 또 불쌍한 장애인이나 성공한 장애인…… 뭐, 그런 것도 그냥 그런가보다 하며 지나치는 것 같아요."

아빠는 마치 내가 휠체어 영업사원인양 자세히 설명을 해 주었단다. 연예부 기자와의 이런 짧은 대화 속에서도 아빠는 조금은 기분이 나빴지만, 기자가 장애에 대해서 몰라서 그런 거지, 일부러 나를 기분 나쁘게 하려고 말한 것은 아니라는 걸 알고 있다.

선물아. 그때 아빠는 '비장애인들에게 배려가 필요하다는 이해를 구하기 전에 장애가 무엇인지, 장애 보조 기구는 어떤 것들이 있는지, 그런 부분에 대한 정보도 알려 줘야겠구나.'라는 생각을 하게 되었다. 그리고 나부터라도 휠체어를 타고 많은 활동을 해서 조금이라도 보탬이 되어야겠다는 결심을 했고, 지금도 열심히 노력 중이란다.

엄마의 편지

아빠와 라디오

선물아.

아빠가 KBS에서 라디오 DJ를 맡은 지도 벌써 10년이 되어가는구나. 아빠에게도 엄마에게도 정말 너무나 감사한 일이야. 사실 DJ 제의를 받기 전에는 엄마와 아빠가 많이 힘든 시기였어. 전 세계 방방곡곡을 누비던 아빠는 일도 못하고 집에서 인터넷 장기만 두었거든. 엄마는 집에서 종일 아빠와 둘이 있는 현실을 벗어나고 싶었다. 엄마는 아빠에게 인터넷 게임 좀 그만하라는 말은 못하고 한편으로는 걱정이 되고 한편으로는 그런 아빠의 모습이 답답하다는 생각도 들었어. 그래서 아빠가 처음 DJ를 한다고 했을 때, 걱정 반 기대 반인 심정이기도 했지만, 드디어 일을 하는구나 싶어 반가운 마음도 들었어.

아빠는 엄마에게 말하곤 했지. 방송국에 가면 뒤에서 싸늘하게 쳐다보는 매니저들의 시선이 힘들었다고. 예전에는 정말 잘 나갔는데 휠체어에 의존해서 가는 뒷모습을 보여 주는 게 싫다고……. 엄마는 아빠의 괴로워하는 모습에 마음이 얼마나 아팠는지 몰라. 지금 막연히 생각해 보면 아빠 입장에서는 얼마나 힘든 첫걸음이었을까 싶어.

그래서일까? 아빠는 처음에 일을 하면서 신경이 날카로워져 있었어. 하지만 다행히도 빠른 시간 안에 많이 안정을 찾아가서 한결 마음이 놓였단다. 라디오 게스트로 나온 자전거 탄 풍경, k2 김성면 등 많은 분들과 진심이 통하면서 아빠는 서서히 마음을 열고 위안을 받았던 것 같아. 그렇게 좋은 사람들과 함께 아빠는 세상 밖으로 나갈 수 있었고, 자전거 탄 풍경 오빠들과는 지금도 가장 편하고 좋은 사이로 잘 지내고 있단다.

아빠는 가끔 말하곤 해. 장애는 극복이 아니라 받아들이는 거라고. 엄마도 그 말이 맞는 것 같아. 지금의 아빠는 주말에 지하철을 타고, 때로는 운전을 하면서 백화점을 돌아다니고, 산책도 나가면서 사람들 시선에 대해서 예전보다 담담해진 것 같아.

선물아. 엄마는 이렇게 변화된 아빠가 참 자랑스럽다.

" 이용복 선배에게 장애인으로서
세상 사는 법에 대한 조언을 많이 들을 수 있었다. "

" 아이유와 함께 부른 〈꿍따리샤바라〉. 긍정의 힘을 얻을 수 있는 기회였다. "

아빠의 💌 편지

악플에
상처받지 않는 방법

©JAM 안성진

"제가 다시 일을 하게 되었습니다. 클론의 모습으로 무대에 오른 건 아니지만 휠체어에 앉아 라디오를 진행하게 되었어요. 장애를 갖게 된 후 아무것도 못할 줄 알았는데……. 앞으로 제게 힘든 일이 생기더라도 이젠 포기나 좌절하지 않고 이겨내려고 노력할 겁니다. 재활과 의사들은 그동안 제가 '부정-분노-좌절-수용' 이 네 단계를 거쳤다고 합니다. 하지만 저는 아직도 '분노-좌절'의 시기일지도 모릅니다. 그럴 때마다 다시 마음을 잡고 장애를 수용할 수 있도록 노력하겠습니다. 많은 분이 절 응원하기에 제가 이 자리에 있을 수 있게 되었고, 저 역시 예전의(아니 지금도 힘들지만) 저처럼 힘들어하는 분들을 위해서 열심히 노력해 클론으로 다시 무대에 오르고, 아내와 함께 행복하게 잘 살도록 노력할게요. 지금 장애를 갖게 되어 힘들어하는 중도 장애인에게 '재활의 교과서'가 될 수 있도록 말입니다."

선문아.

아빠가 다시 세상 밖으로 나와서 처음 라디오 방송을 진행하게 됐을 때 이렇게 인터뷰를 했었다. 그 후 기사가 나왔는데, 인터뷰 제목이 "대한민국 장애인의 교과서가 되고 싶은 강원래"라고 나왔다. 그 기사에 대한 여러 의견들이 많았고, 긍정적인 해석보단 부정적인 해석이 더 많았다. 내가 인터뷰를 할 때 "정확하게 말하자면 장애인의 삶은 이런 것이다."라고 말한 것은 아니다. 중도 장애라는 것이 이런 과정을 거쳐서 다시 제자리로 복귀하는 것, 그러니까 아빠의 재활과정을 알려 주고 싶었던 거다.

강원래는 절대(?) 장애인의 교과서가 될 수 없다는 댓글을 보면 대부분이 이런 이유를 든다.

"돈이 많기 때문에 치료를 잘 받았고, 연예인이기에 결혼도 했고, 광고효과가 있기에 일도 할 수 있다. 그렇기에 장애인의 교과서라는 말은 어울리지 않는다."

그렇다면 묻고 싶다. 장애인의 교과서가 되려면 돈도 없어야 하고, 일도 못해야 하고, 결혼도 못해야 하나? 아빠는 좀 헷갈린다. 아직도 헷갈리는 걸 보니 역시 난 초보 장애인인가 보다.

지금은 안 그렇지만, 10년 전만 하더라도 대한민국에서 음반 100만장을 판매하면 국민가수라는 칭호를 받았다. 대한민국 인구가 약 5천만 명이고, 그 중에 100만 명이면, 50분에 1이다. 그러니 악플을 다는 사람이 50명이라고 하더라도 딱 한 명이 긍정적 선플을 달았다면, 아빠는 국민가수가 된 거나 마찬가지라고 억지로(?) 스스로를 위로해 본다.

❦ 여유 없는 생활

선물아.

아빠가 예전에 친구 결혼식장에 갔을 때의 일이다. 그 친구는 유명 연예인이라 연예인 하객들도 많이 왔었지. 아빠는 오랜만에 예전 동료들도 만나고, 요즘 잘나가는 인기 연예인들을 구경하느라 정신이 없었다. 아빠가 장애를 갖게 된 후 방송활동을 뜸하게 해서인지 연예계 동료들과는 자연스럽게 멀어졌거든. 그러다가 친구 결혼식 덕분에 오랜만에 방송 일을 하는 선배, 후배, 동료들을 만나게 된 거야. 하지만 그들과 이런저런 이야기를 나누는데, 왠지 대화가 잘 안 통하는 느낌이 들었다. 다들 너무 바빠 보이고 예전과는 달라진 화려한 그들의 모습에 당황도 했기에 그 느낌을 몇 자 적을까 한다.

식장입구에서 동료들과 이야기 나누는 중에 같은 소속사였던 후배가 바쁘게 걸어가기에 불러서 "야! 오랜만인데, 요즘 너 잘나가더라. 술 한잔하자. 시간 되냐?"라고 반갑게 물었더니 "글쎄요. 쉬는 날이 언제인지 잘 모르니까, 매니저 ○○ 아시죠? 그 형한테 전화해서 약속 잡으세요. 미안해요, 형. 스케줄이 있어서 이만."이라고 대답하곤 급히 자리를 빠져 나가더라. 몇 년 전까지 우리 사무실 연습생이었던 그에게 반가운 마음에 이야기를 건넨 건데, 괜히 바쁜 후배 시간을 뺏은 것 같아 미안함도 들고, 한편으론 섭섭함도 느껴졌단다. 몇 년이란 세월이 사람을 많이 변하게 한 것 같았다. 그 친구가 변한 걸까, 내가 변한 걸까? 예전에 나도 저랬었나? 하는 생각도 해 봤다. 그래서 예전에 내 친구들이 나에게 많이 변했다고 했었구나 싶어서 반성도 하게 되었구나.

방송국 피디들, 방송을 함께 했던 소속사 선배, 후배들과 동료들, 방송국 매니저들. 그들의 옷차림과 행동, 말투, 모든 게 낯설 정도로 예전과는 많이 달라졌다. 유행에 맞춰가는 그들끼리의 대화는 자연스러운데, 유행에 뒤쳐진 아빠와 그들과의 대화는 어색함과 불편함이 느껴졌다.

아빠는 예식장을 나와 집으로 오는 길에 차 안에서 많은 생각을 했다. 그중 아직도 머릿속에 맴도는 생각이 '만약 사고가 안 났더라면 지금의 나는 어떻게 변해 있을까?'이다. 오늘 봤던 후배처럼 누군가에게 이끌려가며 뒤도 돌아보지 못하고 바쁘게 달리고 있을지, 여전히 고집부리고 자기 색깔만 주장하며 밀고 나가고 있을지, 아니면 성공과 또 다른 유행 창조를 위해 밤낮을 가리지 않고 연습에 또 연습을 거듭하며 그 많은 스트레스를 풀기 위해 클럽에서 술에 취해 비틀거리고 있을지.

선물아. 예전의 화려한 연예인 생활과 지금의 휠체어 생활, 아빠에게 지금의 삶이 예전의 삶보다 외롭고 불편한 건 사실이다. 하지만 사고가 안 났더라면 내 삶이 여유 없는 비틀거리는 삶이 되었을 것 같단 생각이 든다. 요즘은 몸이 불편해도 마음만은 편하기에 만나고 싶은 친구가 있으면 약속을 정해서 만나고, 일할 때도 특별하게 순위 경쟁을 안 하니 그다지 큰 스트레스도 없다. 그래서인지 지인들은 요즘 아빠 얼굴을 보고 여유가 생긴 것 같다는 말을 많이 한단다.

여유가 좋은 건지 여유가 행복인 건지 결론은 아빠도 모르겠다. 더 웃으면서 살고, 더 긍정적으로 살고, 더 겸손하게 산다면 언젠가는 좋은 결론을 내릴 거야. 그래서 더 열심히 살아봐야겠다.

©JAM 안성진

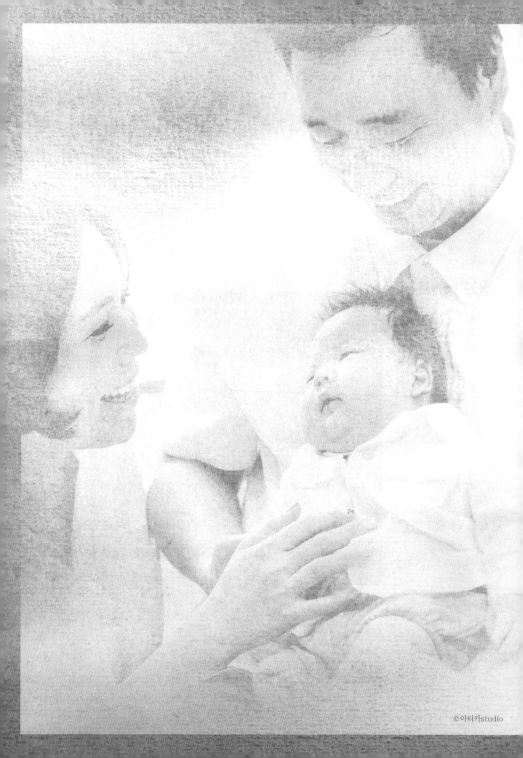

©아티카studio

5.

아빠는
아직도
많은
꿈을 꾼단다

아빠의 💌 편지

아유 오케이?
암 오케이!

선문아.

예전에 한 언론사와 인터뷰가 있었단다. 기자가 아빠에게 건넨 첫인사가 "신발 색깔이 참 예쁘네요?"였어. 아빠는 웃으며 내 신발이 유명브랜드라고 자랑도 하고, 좋아하는 신발과 좋아하는 색깔에 대한 이야기를 나누며 인터뷰를 이어갔단다. 휠체어를 이용하는 아빠에게 예쁜 신발을 신었다는 색다른 시선이 기분 좋았던 이유는 "걷지도 못하는 사람이 예쁜 신발은 뭣 하러 신어."라고 말하는 사람이 간혹 있기 때문이야. 아빠는 좀 더 힘 있는 목소리로 감각 없는 발바닥의 보온과 충격에 대비해서 튼튼한(?) 신발을 챙겨 신는다고, 또 이왕이면 예쁘고 튼튼한 걸로 신는다고 설명했다.

평소 인터뷰 때는 아빠의 장애에 대해 질문을 먼저 많이 받았는데 즐겨 신는 신발 이야기를 꺼내서 '기분이 좋다' 하니 처음부터 상대의 아픔과 상처를 묻기보다는 상대의 관심사가 뭔지 그 부분에 대한 이야기를 꺼내면서 천천히 인터뷰를 하면 그 사람의 마음속 깊은 이야기를 들을 수 있다며, 나름 인터뷰 노하우를 전해 주더구나. 기자는 이런저런 이야기를 하다 장애인으로 사는 데 불편한 점이 뭔지를 물었다. '난 뭐가 불편하지?' 사실 뭐가 불편한지 고민하게 하는 이런 질문도 불편하지만, 진짜 불편한 건 아빠는 불편하지 않는데 다른 사람들이 아빠가 불편해 할 것이란 편견이 제일 불편하다.

예전에 호주라는 곳에서 여행할 때의 경험인데, 휠체어를 타고 다니다 보면 만나게 되는 외국 사람들이 "도와줄 거 없냐? 괜찮냐?(Anything to help you? Are you okay?)"라고 자주 묻곤 했단다. 아빠가 "괜찮다(I'm okay. Good)."라고 대답하면 그들은 "당신이 괜찮으면 나도 괜찮다(Okay 또는 Got it)."라고 하면서 그냥 하던 일을 하든지 가던 길을 간다. 그런데 우리나라 사람들은 그렇지 않은 경우가 많다. 날 위한 도움인지 상대를 위한 도움인지 구분 못하는 경우도 있다는 거다. 도와준다는데 뭔 말이 그렇게 많으냐고 반문할 수도 있겠지만, 불필요한 도움(?) 덕에 상대가 상처를 받는 경우도 종종 있다.

예를 들어, 못생긴, 아주 못생긴 친구가 길을 가는데 그 얼굴이 안쓰러워 보였는지 "못생겨서 힘들지? 그래도 힘내."라고 어깨를 다독여 준다던가, 식당에서 식사를 마친 장애인들에게 식당 주인이 불쌍해 보인다며 밥값 내지 말고 그냥 가라던가 한다면 어떻겠니. 거리에서 다리가 불편해 쩔룩거리는 모습이 힘들어 보인다고 만 원짜리 한 장을 주머니 속에 넣어 주는 경우도 본 적이 있다. 실제로 아빠가 교통사고로 장애인이 된 후에는 닭발을 먹으면 다리에 감각이 돌아온다고 닭발을 한 솥가득 선물 받은 적도 있었고, 장풍도사라는 사람이 다리에 힘을 불어넣어 준다며 일어나라고 소리 질렀던 적도 있었고, 아빠 등을 치며 "할렐루야! 일어나! 걸어라!"를 외치는 사람을 만난 적이 있었다. 물론 놀리려고, 장난치려고 그러는 게 아니라 안타까운 마음에 뭔가 도움을 주고 싶어 하는 행동이라는 건 아빠도 잘 안다.

'나'보다는 '우리'라는 단어가 더 익숙한 우리나라 사람들에게는 이런 걱정이 담긴 관심이 상대를 위한 거라 생각하지만, 사실 이런 지나친 배려가 오히려 도움이 필요한 사람을 지치게 하는 경우도 있다는 걸 이해해 줬으면 좋겠다. 내가 괜찮다고 해도 상대방은 괜찮아 보이지 않는다며 어떻게라도 도움을 주려고 하는 우리네 인심. 누군가를 도와주려고 할 때는 그 사람에게 진짜 필요한 도움인지를 다시 한 번 생각해 봐야 하고, 내가 건넨 걱정이 담긴 격려 한마디가 오히려 상처를 주지는 않을지도 생각해 봐야 할 거다.

내 주변 사람을 진심으로 사랑하고 좋아하기에 그가 잘 되길 바란다면, 그의 단점이 장점으로 바뀌길 바라는 질책보다는 단점이 곧 장점이라고 격려와 칭찬을 해 줬으면 좋겠다. 위로한다며 "쯧쯧쯧. 불쌍해 보여. 그런 몸으로 살기가 힘들지?"라는 말 한마디가 상처를 가진 약자들이 제일 듣기 싫은 말 중 하나라는 사실을 절대 잊지 말았으면 좋겠다.

"무대에서 연심히 노래 부르고 춤추는 꿈따라유랑단을 본 후
자신감을 가졌다는 소년원생의 고백이 우리에게
그 어떤 응원과 박수보다 큰힘이 되었다."

🌿 아빠의 욕심은

선물아.

아빠는 예전부터 여러 가지 일을 하고 있지만, 그중에 제일 좋아하는 일은 방송 댄서 겸 무대 트레이너다. 댄서로 활동하면서 가끔씩은 안무를 짜기도 하고 가수나 배우들에게 안무지도(무대 위에서 어떤 동작을 하면서 노래를 불러야 하는지 손동작, 시선, 발동작, 움직임 등을 어떻게 해야 하는지 알려 주는 일)를 하기도 한다. 예전에는 교향악단 지휘자에게도 안무지도를 해 준 적이 있어. 관객에게 보이는 지휘자의 뒷모습을 멋지게 보여 주려고 열심히 안무를 짜 줬단다.

발라드 가수의 경우는 무대에서 움직임이 거의 없다. 하지만 앞으로 나가며 노래를 불러야 감동이 더해지는지 어떤 소절에서 손을 올려야 하고 고개를 숙여야 하는지 동작 하나하나가 아주 중요하다. 댄스 가수의 경우는 노래 한 곡의 전체 안무를 짜 주는 건 물론이고, 댄서들과 함께 맞춰 추는 부분과 혼자 추는 부분을 나눠 준다. 가수나 배우에게 아빠 같은 직업을 가진 사람이 꼭 필요한 이유 중 하나가 대중들은 손동작 하나에, 시선 하나에 가수나 배우의 모든 실력을 판단하는 경우가 있기 때문이야.

선물아. 아빠는 요즘 방송에 나오는 가수들의 무대를 보면 "우와~"라는 감탄사가 나올 정도로 멋진 무대를 보기도 하지만, "에이, 나라면 저렇게 안 했을 텐데." 하는 아쉬운 무대를 보기도 한다. 그래서 아빠 나름대로 안무가로서 새로운 욕심을 갖게 만드는 경우도 있구나.

몇 년 전 시각 장애가 있는 아티스트들을 만나면서 그들에게도 조금씩 욕심이 생겼다. 그들의 연주는 감히 아빠가 평가할 수 없을 정도로 수준급이었어. 연주를 듣는 내내 장애가 있는 그들이 그 수준에 오르기까지 얼마나 많은 노력이 했을까 하는 상상만 할 뿐이었다. 그런데 비장애인들이 그들의 노력(악보를 못 보는 등의 일)을 이해 못하는 것 같아서 답답한 마음이 들었다. 그래서 "공연 도중이나 공연 시작할 때 조명을 끄고 암전 상태에서 해 보는 건 어떨까? 그래야 그들이 시각 장애 아티스트에 대해 조금 이해하지 않을까?"라는 의견을 제시한 적도 있다.

선물아. 아빠에게는 이다음에 기회가 된다면 꼭 이루고 싶은 욕심들이 이렇게 하나둘씩 늘어가는구나. 머지않아 꼭 다 이룰 수 있겠지? 앞으로는 선물이와 함께 이루고 싶은 꿈도 생겨날 것 같아서 아빠는 또 가슴이 설렌다.

선물아.

언젠가 분당에서 클론 클럽모임이 있었을 때 누군가 아빠에게 이렇게 말했다. "오빠 배가 너무 많이 나왔어요." 길을 가다 마주치는 사람들이 가끔 아빠에게 이런 이야길 꺼낼 때마다 "죄송해요."라고 대답을 했는데, 최근 클론클럽에서 질문한 아이에게는 "그래서?"라고 약간 신경질적으로 대답했다.

아빠는 사실 클론으로 활동할 때도 약간은 배가 나왔었어. 그때는 배에 약간만 힘을 줘도 준엽이 아저씨에게 밀리지 않을 만큼 많이 나오지는 않았지만, 당시에는 배가 많이 나왔단 말을 들어도 신경질적으로 받아드리진 않았던 때다. 그런데 교통사고 이후에는 배가 더 많이 나오기 시작했어. 살 좀 빼라고 주위에서 말은 많이 하는데, 어떻게 빼야 할지 모르는 상태이고, 아무리 노력해도 튀어 나온 배는 쉽게 들어가지 않는다. 지금은 하루에 한두 끼밖에 안 먹는다. 밥 네 숟가락이면 한 끼도 끝이야! 아빠는 사실 마비된 것보다 더 스트레스 받는 게 배가 튀어 나오는 거였다. 다리 살은 계속 빠져가고, 가슴은 쳐지고, 배는 튀어나오고, 휠체어를 타고 다니다가 넘어지고 하루 종일 다리와 허리에 알 수 없는 통증에 시달리고…….

사실 더 힘든 일도 많지만, 이게 피할 수 없는 아빠의 삶이자 운명이기에 그냥 웃으면서 살아간다. 처음에는 휠체어 탄 모습이 창피하고 밖으로 휠체어를 타고 나가고는 싶지 않았는데, 이제 자연스럽게 휠체어를 타고 멀리 여행도 가곤 한다.

난 분명 강원래다. 클론으로 활동할 때도 많은 사람의 시선을 끌고 다녔고, 지금도 그렇다. 클론의 강원래에서 장애를 가진 클론의 강원래. 그래서 사람들의 시선을 더 많이 받는다. 선물아. 아빠는 사람들이 동물원의 원숭이로 보든지 멋진 강원래로 보든지 상관하지 않고, 지금 휠체어를 타고 잘 다니고 있다. 그리고 앞으로도 잘 돌아다닐 거다.

가끔 "아직도 못 걸으세요? 휠체어 타고 다니시네요. 그러게 왜 오토바이를 타셨어요. 이제 오토바이 못 타시겠네요?"라고 물으면, 아빠는 이제 짜증내기보다는 웃으면서 농담(?)삼아 대답한다. 하나님께서 내가 오토바이를 너무 좋아해서 그런지 이제 죽을 때까지 바퀴 달린 거를 타게 해 주셨다고. 내가 어딜 가더라도 꼭 가지고 다니게 해 주셨다고.

이제는 휠체어를 탄 아빠의 모습이 창피하지 않다. 그런데 배가 많이 나왔다는 말을 듣고 잠시 한동안 우울했던 걸 보니, 아직 배가 튀어나온 모습은 창피한가 보다. 하지만 선물아. 머지않아 그런 얘기를 들어도 농담하면서 자연스럽게 받아들여질 날이 오겠지?

엄마 반, 아빠 반

선물아.

엄마는 선물이가 엄마 반, 아빠 반을 섞어 놓은 성격이었으면 좋겠어.
막상 엄마의 장점을 적으려고 하니 너무나 쑥스럽네. 그래서 선물이의
이모와 엄마 주변 친구들에게 엄마의 장점과 아빠의 장점을 객관적으
로 써 달라고 부탁했어. 정리해 보면 이렇구나.

엄마의 장점은,

소박하다 / 정이 많아서 남이 아픈 것을 싫어한다 / 밝다 / 음식을 잘한
다 / 인내심이 많다 / 누군가 비밀을 말하면 잘 지킨다 / 주변을 밝게
하는 힘이 있다 / 속이 깊다 / 의리 있다 / 순박하다 / 한 우물만 판다 /
표현도 많다 / 좋으면 다 해 주는 따뜻한 마음 / 천성이 순하고 착하다
/ 한결같다 / 이해심이 깊다 / 뒷끝 없다 / 잘 베푼다 / 긍정적이다 / 특
히 사랑이 많은 사람이다

아빠의 장점은,

현명하다 / 노력형 / 자기 개발적 / 남이 모르게 봉사나 좋은 일을 많이
한다 / 속이 너무 깊다 / 섬세하다 / 책임감이 엄청 강하다 / 의리가 강

하다 / 생색을 안 낸다 / 화끈하다 / 운전을 잘한다 / 그림을 잘 그린다
/ 꽁하지 않다 / 춤을 잘 춘다 / 세심하게 챙겨 주는 내면이 있다 / 무심
한 척하지만 다 알고 은근히 챙겨 준다 / 일하는 데 매우 열정적이다 /
겉으로 냉정해 보이고 차가워 보이나 은근히 정이 많다 / 유머러스하다
/ 외모, 성격이 볼매(볼수록 매력) / 끼가 넘쳐 흐른다. 특히 남자로서 매
력이 줄줄

장점만 보니, 엄마 아빠 꽤 근사하지 않니?

🌹 차가워도 따뜻한 남자

선문아.

사람들은 아빠에 대해 시크하고 쌀쌀맞고 냉정하고 불친절하다는 말을 많이 한단다. 그런데 엄마는 아빠가 겉모습과는 달리 따뜻하고 속이 깊은 진국이라는 걸 잘 알고 있어. 그래서 너무 안타깝고 속상해. 아빠가 처음 만나는 사람들 앞에서는 분위기를 약간 압도하고, 차갑게 만드는 경향이 있긴 하지. 그래서 한 번은 엄마가 아빠에게 이렇게 말한 적도 있단다.

"오빠는 연기를 좀 했으면 좋겠어. 좋아하는 사람들한테는 아주 잘하면서 안 친한 사람들한테는 너무 차갑게 대해. 그러면 오빠 이미지가 더 마이너스가 되는데."
"그럼 짜증나게 하는데 어떡하냐?"

사실 사람들은 싫어도 연기를 조금씩 하잖아. 게다가 사람들이 다 알아보는 연예인이면 본인 감정을 한 번쯤은 숨일 수도 있는 건데, 아빠는 그걸 전혀 못한단다. 아빠와 함께 출연 중인 '엄마의 탄생'이라는 프로그램을 통해 아빠의 모습을 본 사람들은 아빠가 엄마한테 너무 차갑게 대하는 것 같다면서 좀 잘해 주라고 조언 아닌 조언을 해 주는 사람도 많아. 사실 아빠는 엄마와 둘이 있을 때는 잘해 주지만 남들 보는 앞에서는 그런 내색을 잘 안 하는 것 뿐이야. 카메라가 찍는다고 해서 특별히 더 잉꼬부부처럼 연출하는 건 더더욱 못하는 성격이지. 한 가지 더 덧붙인다면 엄마는 다정한 남자보다는 오히려 아빠처럼 남자다운 성격을 좋아해.

선물아. 엄마가 아빠 성격 중에 제일 맘에 드는 게 뭔지 아니? 바로 말이 앞서지 않는다는 거야. 엄마는 그 점이 제일 좋아. 그리고 아빠는 생각이 너무 깊어서 힘든 일이 있어도 혼자 입을 꾹 다물고 끙끙 앓는 편이란다. 무겁고 어려운 짐을 혼자서만 안으려고 하는 아빠를 볼 때마다 엄마는 그 모습이 너무 안쓰러워 마음이 아파. 엄마한테 좀 얘기해 주면 좋을 텐데, 아빠는 전혀 그런 성격이 아니거든. 엄마가 많이 힘드냐고 물으면 "뭐가 힘들어." 이렇게 무뚝뚝하게 얘기를 해. 하지만 그렇게 말해도 엄마는 아빠의 마음을 잘 안단다. 아빠는 힘들어도 엄마 앞에서는 내색하지 않다가 엄마 뒤에서 우는 사람이라는 것을 선물이도 알게 될 거야.

아빠는 특히 엄마한테 생색을 안 내서 엄마한테 해 주는 고마운 일들을 자주 까먹게 만들어. 보통 남자들은 뭐도 해 주고 뭐도 해 줬다고 막 얘기한다는데, 아빠는 일절 해 준 것에 대해서는 얘기를 하지 않아. 한 번은 엄마가 선물이 이모한테 하소연을 하다가 "원래 오빠 짜증나!" 그랬더니 이모가 "송이야. 너 그러지 마. 원래 오빠가 우리한테 해 준 게 얼마나 많은지 벌써 잊어버린 거야?" 그러면 "어머, 그랬구나!" 이런 식이 되곤 하지. 이런 많은 부분을 사람들은 잘 모르니까, 아빠 성격에 대해서 이런 저런 오해를 하고, 엄마는 마냥 천사처럼 착한 줄로 아는 것 같아. 물론 일부 사람들이지만 아빠 이야기에 악플을 달거나 엄마 아빠를 편 가르기 하는 것은 안 해 주었으면 좋겠어. 우린 지금 너무 좋은데, 그런 사람들의 편견이나 잘못된 시선이 솔직히 엄마는 더 힘들거든. 이 오해만큼은 진심으로 풀고 싶어. 아빠는 솔직한 사람, 자신을 포장할 줄 모르는 사람, 다른 사람 눈치 보면서 애써 좋은 사람인 척 안 하는, 그런 사람일 뿐이란다.

"12월 21일이 내 생일,
22일이 송이 생일이라 항상 파티를 함께 한단다."

내가 생각하는
진짜 공부란?

선물아.

청소년 시절 지겹도록 들었던 말 중 하나가 있다.

"공부해라. 공부해야 먹고 살 수 있다. 공부해야 무시당하지 않는다."

공부를 잘해야 하고, 또 좋은 성적으로 좋은 대학에 가야만 무시당하지 않고 잘살 수 있다는 게 우리 어른들의 가르침이었다. 아빠도 다음에 혹시 선물이에게 이렇게 이야기하게 될까?

대학에 가야만 한다는 부모님의 협박 아닌 협박에 아빠도 잠시(?) 대학을 다녔던 기억이 있다. 그런데 대학시절에 뭘 배웠는지, 어떤 과목을 배웠는지, 담당 교수는 누구였는지, 기억이 잘 나지 않는다. 아니, 전혀 안 난다.

한동안 아빠는 강원도 동해시 한중대학교에서 1학년 교양과목으로 '춤과 대중예술'을 간호학과, 사회복지학과, 유아교육학과 학생들에게 가르친 적이 있다. 말이 춤과 대중예술이지, 수업시간에 거의 춤만 추게 했다. 내가 대학교 재학시절에 뭘 배웠는지 기억이 안 났기에, 내가 경험해 봤기에, 아빠는 내 수업이 학생들 기억에 남을 수 있도록 하려면 어떻게 해야 할까를 먼저 고민해 보았다. 그리고 중간고사나 학기말고사를 시내의 복잡한 거리에 나가 춤추는 것으로 시험을 봤다. 시험 주제는 '2010 월드컵도 있으니 빨간 옷을 입고 거리응원을 하는 것'으로 하기도 하였다.

시험을 본 후 동해시청 앞 햄버거 집에서 다 같이 햄버거를 사 먹었어. 햄버거도 맛있었고, 시험을 보는 과정도 재밌었고, 좋은 경험이었다고 자부한다. 아빠가 생각하는 공부는 그런 공부고, 그런 공부를 해야 행복할 수 있고 즐거울 수 있으며, 목표와 꿈을 위해 더 열심히 달릴 수 있을 거라고 믿는다. 그리고 그런 마음으로 자신이 원하는 공부를 할 수 있다면, 어디서든, 누구 앞에서든 절대 무시당할 일도 없을 거라고 믿는다.

엄마, 아빠가
어렸을 때

선물아.

어릴 적 엄마 형제 4남매가 뒤죽박죽 섞여서 싸울 때면 선물이의 외할머니는 정말 안 되겠다 싶을 때 회초리를 드셨고, "몇 대 맞을래?"라고 물으시면, 우리들은 "한 대요!" "세 대요!" 그렇게 대답을 하고 종아리나 손바닥을 맞았어. 그리고 싸움은 정리가 되었지. 이 얘기를 아빠에게 해 주면 아빠는 "나중에 선물이가 말 안 들으면 회초리로 때려 줄 거야?"라고 묻는단다. 그럴 때 엄마는 "음, 정말 말을 안 들으면 호되게 혼내 줘야지."라고 대답해.

엄마는 아이를 키울 때 어느 정도의 훈육도 필요하다고 생각한다. 무조건 오냐 오냐 하면서 맞춰 준다면, 올바른 가치관을 가지고 자라지 못할 것 같거든. 물론 엄마는 선물이에게 칭찬과 격려, 사랑과 관심을 아끼지 않고 마음껏 표현해 줄 거야. 하지만 그 반면에 그릇된 행동을 한다면, 매를 드는 훈육도 할 거란다. 그렇게 당근과 채찍으로 때로는 부드럽고, 때로는 엄한 엄마가 된다면, 선물이가 어느 한 곳에 치우침 없이 잘 자라 줄 거라 믿어. 물론 엄마도 많이 노력하고 공부해야겠지. 선물이에게 좀 더 좋은 부모가 되고 싶다는 욕심 때문인지 아빠와 엄마는 요즘 대화가 훨씬 많아졌어. 그런 걸 보면 아직 태어나지도 않은 선물이가 엄마 아빠를 더욱 성숙하게 만드는 것 같구나.

벌써 엄마 아빠에게 효자노릇을 하는 우리 선물이, 사랑해.

아빠의 편지

"꿍따리 샤바라"처럼
살아야지

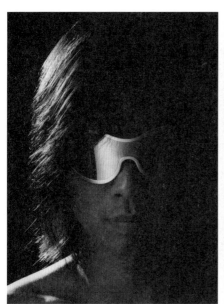

宣:SUN:SON

선물아,

선물이는 아직 잘 모르겠지만, 60년대 한국의 엘비스 프레슬리라 불리던 인기가수 故 차중락이 〈낙엽 따라 가버린 사랑〉이란 노래로 큰 인기를 끌었는데, 1968년 11월, 낙엽과 관련된 계절인 가을에 세상을 떠났단다. 가수 배호의 히트곡은 〈굿바이〉〈마지막 잎새〉〈0시에 이별〉 등이었고, 그 후 뇌막염으로 29살이란 나이, 1971년 11월에 세상을 떠났다. 두 가수의 안타까운 이야기지만, 연예계의 11월 괴담의 원조격인 셈이다.

한 해 동안 280만 장이란 앨범 판매량을 기록하며 대한민국 역사상 최다 판매고를 올린 김건모의 〈잘못된 만남〉 같은 경우도 이 노래 발표 이후 김건모를 이 세상에 알린 결정적 도움을 준 제작자겸 프로듀서 김창환과 결별을 선언했다. 가수 싸이 같은 경우도 제목 따라간 가수로 꼽히는데, 2002년 〈챔피언〉이란 곡을 발표하며 "두 번이나 군대를 가는 이 시대 진정한 챔피언이다."라는 우스갯소리를 만들어냈지만, 최근 전 세계를 떠들썩하게 만든 〈강남스타일〉의 안무인 '말춤'이 그의 2001년 데뷔곡인 〈새〉와 관련이 있다는 사실을 알까?

80년대 중반 우리나라에 말춤이 알려지게 된 계기가 바로 그 당시 미국의 'THE TIME'이란 그룹이 〈BIRD(새)〉라는 노래를 발표하면서 췄던 춤 때문인데, 양팔로 날갯짓을 하며 다리는 깡충깡충 뛰며 하늘을 나는 새를 흉내 낸 안무였단다. 이 춤과 노래가 미국에서 큰 히트를 쳤고, 한국에 놀러온 미국유학생들이 이 춤을 클럽에서 추면서 유행을 시켰는데, 어설프게 따라 하고 또 여기저기에서 유행되다 보니 조금씩 동작이 바뀌게 되었다. 그러다 새를 흉내 낸 게 아니라 말을 흉내 낸 것 같다 해서 손동작만 바뀌면서 말춤이 된 거야. 말하자면 말춤의 원조는 새춤이었던 거지. 〈새〉라는 곡으로 데뷔했던 싸이는 말춤, 그러니깐 새춤으로 대박을 낸 거란다.

11월 괴담의 주인공인 아빠 역시 〈꿍따리 샤바라〉라는 노래 덕분에 인생이 두 번이나 바뀌었다. 10여 년 전 교통사고로 하반신 마비라는 장애를 갖게 된 아빠는 처음에는 '설마 죽을 때까지 못 걸을까?' 하면서 장애를 받아들이지 못했고, 시간이 갈수록 '내가 진짜 장애인이 됐구나.'라는 현실이 믿기 싫었기에 '부정, 분노, 좌절'의 시간을 가졌단다. 그 기간 동안 이 세상에 욕설만 퍼부으며 난폭해진 아빠를 변화시킨 사람이 바로 묵묵히 아빠를 지켜 준 선물이 엄마와 여전히 멋진 놈이라며 엄지손가락을 내게 보여 준 클론의 멤버이자 절친, 준엽이 아저씨였어. 그들의 격려와 기다림이 없었더라면 지금쯤 아빠는 어떻게 변해 있을지 생각하기도 싫구나. 힘들어하던 아빠의 재활치료 시절, 힘이 될 거라며 준엽이 아저씨가 건네 준 노래 한 곡은 다름 아닌 클론의 데뷔곡, 〈꿍따리 샤바라〉였다.

이 노래는 1996년에 발표되어 그 해 최고 인기 가수상을 받아 '무명'이었던 아빠의 인생을 '유명'으로 바꿔 준 클론의 최고 히트곡이란다. 그런데 장애를 갖게 된 후 휠체어에 앉아서 그 노래를 들으니 느낌이 전혀 달랐어. 전성기 시절엔 인기를 위해, 돈을 위해서만 불렀던 신 나고 경쾌한 〈꿍따리 샤바라〉를 듣고 또 부르며, 남몰래 아빠는 눈물 흘린 적이 많았다.

'클론의 강원래'라는 이름을 세상에 알려 주었던 이 노래가 다시 아빠의 마음을 잡게 해서 무대 위로 오를 수 있게 해 주었고, 또 긍정적인 마음까지 갖게 해 주었으니, 만일 클론의 히트곡 제목이 '가버린 사람'이라든지 '이제 떠날래'라는 제목이었다면, 아빠는 생각만 해도 끔찍하다.

선물아.

선물이도 이다음에 크면, 좀 더 넓은 세상을 보고 느끼기 위해서 외국으로 여행갈 기회가 생길 거란다. 외국여행을 가면 그곳 음식이 입맛에 안 맞아서 고생할 때도 있고, 말이 안 통해서 화장실이 어디냐고 손짓 발짓을 해가며 고생하는 경우도 있는데, 그렇게 외국여행을 가서 음식점이나 쇼핑센터에서 그곳 직원이 한국 사람이라면 얼마나 반가울까?

홍대 입구 역에서 멀지 않은 곳에 언더그라운드 댄서들이 자주 모이는 작은 BAR가 있단다. 댄서들이 모이는 곳이라고 해서 춤을 추는 클럽은 아니고, 테이블이 몇 개 있는 작은 BAR란다. 그곳에선 비트 강한 댄스 음악이 나오긴 하지만, 그 리듬에 맞춰 어깨나 머리만 가볍게 흔들 뿐이고, 스트릿 댄서나 비보이, 댄서출신의 유명 연예인, 클럽 DJ, 댄스 관련학과 강사들과 교수들, 방송 댄서 등의 사람들이 가끔 모여서 각자의 근황이나 춤, 음악, 패션에 대한 얘기를 맥주 한잔과 함께 나눈단다. 아빠는 서로가 춤을 좋아한다는 점에서도 반갑지만, 이 친구들과 이야길 나누다 보면 어설픈 아빠의 춤 이야기도 잘 들어주고, 그 친구들의 춤 이야기도 쉽게 듣고 이해할 수 있어서 좋아하는 곳이다.

한 번은 이곳에서 '언더그라운드 출신의 스트릿 댄서, 올드 앤 뉴' 만남을 가졌는데, 이 모임을 '올드 앤 뉴'로 구분 지은 건 댄서의 실력이나 장르를 떠나서 그냥 편하게 나이 순으로 구분한 거란다. 7, 80년대에 춤을 췄던 '올드 멤버'로 구성된 댄서들은 라이브 DJ 출신의 진열이 형, 유시디시 멤버였던 문형이 형, 가수 출신의 제갈민, REF의 박철우, 스파크 멤버였던 유주진, 터보의 정남이, 그리고 가수 박남정과 함께 활동했던 서브웨이 팀 등이야. 그리고 90년도 이후에 춤을 췄던 '뉴 멤버'들은 엠씨고, 비더블유비, 재범, 칸앤문, 팝핑디에스, 울랄라 세션 등이란다.

뉴 멤버들은 올드 멤버보다 나이만 어리고, 실력은 월등히 좋았다. 이들은 대한민국 언더그라운드 댄서들 사이에선 신과 같은 존재이고, 요즘 세계적으로 인기를 끌 정도로 대단한 춤 실력의 소유자들이지. 올드 멤버인 우리가 어린 시절 동경의 대상이었던 외국 댄서 팀이 지금은 우리나라 언더그라운드 스트릿 댄서들에게 한 수 배우러 올 정도라고 해.

모임이 있던 날, 즉흥적으로 BAR의 테이블을 치우고 올드 앤 뉴 댄스 배틀이 이뤄졌는데, 결과는 몸이 조금 굳었는지 아니면 쑥스러웠는지는 몰라도 올드 멤버들이 참패하고 말았다. 그리고는 멋진 후배들이 올드 멤버들에게 "스트릿 댄서 선배님들. 형님들 덕분에 저희가 지금 이 자리에 있는 겁니다."라며 꾸벅 인사할 때 멋진 후배들을 뒀다는 보람과 함께 한 편으론 미안한 마음도 들었다. 춤에 대해서는 후배들을 위해 아무것도 이뤄 놓은 게 없는 보잘것없는 선배라 그랬던 것 같구나.

"언더그라운드 댄서, 스트릿 댄서" 요즘은 이렇게 멋지게 부르지만, 우리 때는 그냥 "춤추는 날라리"라고 불렀단다. 대한민국 전체가 길거리에서 춤추는 사람들을 좋지 않은 시선으로 봤기 때문에 춤은 좋아했지만, 교과서적으로 또 체계적으로 배우지 못한 아빠였기에 춤 하나만으로 먹고사는 직업을 선택할 생각은 하지 못했었다.

80년대 중반, 아빠와 친구들은 혜화동(대학로) 길거리에서 카세트테이프 음악에 맞춰 싸구려 비닐장판이나 라면박스를 바닥 삼아 온몸을 뒹굴며 춤을 췄고, 지나가는 사람들은 우리에게 박수를 보내 주곤 했다. 하지만 혜화동 관할 구청의 빨간 모자 쓴 아저씨들이 대학로 금지 사항 중 하나인 '저속 무도 행위'라며 구청에 잡아가기 일쑤였다. 결국 소지품 검사나 부모님 호출로 이어졌고, 불량 청소년이라며 학교로 통보를 보내 근신과 같은 처벌을 받기도 했지. 지금이야 춤을 배울 수 있는 학원도 많이 생겨서 쉽게 배울 수 있고, 대학 강단에서도 거리 춤과 유행 춤을 가르칠 정도로 대중화, 일반화되었지만, 우리 때는 집에서 댄스영화 비디오테이프를 계속 느린 화면으로 돌려 보며 한 동작, 한 동작을 익혀야 했고, 마음 맞는 친구들끼리 돈을 모아 연습실을 따로 빌려서 밤새도록 춤 연습을 하기도 했단다. 그렇게 힘들게 익힌 춤을 거리에서 추거나 아님 댄서들끼리 모이는 나이트클럽, 락카페, 클럽 등에 가서 실력 발휘를 하거나 춤 동작을 공유하는 형식이었어.

그런데 30년 정도 지난 지금은 대학로 길거리에서 몰래 췄던 그 춤을 대학로의 큰 공연장에서 후배 댄서들이 공연을 하고 있더라. 길거리 댄스, 그러니깐 우리나라 브레이크댄스(비보잉) 실력이 세계 최고로 인정을 받은 거지. '대한민국에서 최고면 세계 최고!'라는 유행어를 만든 것도 바로 바닥에서 온몸으로 춤 연습을 했던 대한민국 후배 비보이들 덕분이야.

전통이 있고 모든 시스템이 교과서적으로 체계화가 잘 되어 있는 '발레, 현대무용, 고전무용, 한국무용 등의 무용계'에서도 한때 '유행춤, 기초도 없고 족보도 없는 춤'이라며 외면했던 거리의 춤을 춤의 또 다른 분야로 인정해 줘서 무용계의 모든 춤들과 어깨를 나란히 하고 있는 데 비해 일반 사람들은 춤에 대한 편견이 여전히 많은 것 같다.

선물아. 아빠가 대한민국에서 춤을 좋아하는 댄서로서 한 가지 바람이 있다면, 음악, 미술 등과 같이 춤도 예술의 한 분야로 인정을 받아서 댄서를 예술가로 인정해 줬으면 하는 거란다. 그래서 아빠는 지금도 대한민국 댄서 중 한 사람으로 멋진 후배들을 키워내기 위해 열심히 노력하고 있다.

🌿 지금도 나를 신 나게 하는 '안무가'라는 직업

선물아.

아빠는 '안무가 강원래'라고 불리는 게 좋다. 아빠는 안무 짜는 걸 어려서부터 좋아했고, 지금도 제일 잘하는 일이란다. 누구보다 잘하는 게 아니라 내가 할 줄 아는 것 중 제일 잘하는 일이라는 거야. 안무를 짠다는 건 '이 노래에는 이 춤, 저 노래에는 저 춤이 잘 어울린다는 걸 찾아내는 일'이라고 설명하면 선물이가 쉽게 이해할 거다.

아빠는 사실 중학교 3학년 때부터 친구들과 함께 춤이 좋아 클럽에 갔었고, 그곳에서 좋아하는 노래가 나오면 친구들과 함께 "이 노래엔 이 춤이 잘 어울리지."라며 신 나게 춤을 췄었다. 우리가 즐겨 추는 춤을 다른 사람들이 따라 추며 유행되는 걸 보고 점점 예쁜 춤, 멋진 춤을 공부(?)하게 되었단다. 특별히 춤을 가르쳐 주는 학교나 학원을 다니면서 춤에 대한 공부를 한 게 아니라 TV나 영화에서 춤 이야기만 나오면 관심을 가졌고, 이태원이나 의정부, 동두천 등지를 돌아다니면서 우리보다 유행이 앞선 외국 문화에 눈길을 뒀고, 빽판(불법음반)이나 비디오 자료, 서적 등을 뒤지며 새로운 춤을 찾기도 했었다. 그 모든 자료들이 내 머릿속과 몸에 익숙해졌고, 그러다 보니 다양한 장르의 노래를 들을 때마다 "이런 음악에는 내가 좋아했던 팝스타나 댄서들은 이런 춤을 췄었어." 하면서 다시 끄집어내어 실제로 춰보고 어울리지 않으면 다른 장르의 춤을 계속해서 춰보면서 어울리는 걸 찾아냈다.

선물아. 아빠는 평범함보다는 색다른 춤과 쉽게 따라 출 수 있는 춤을 좋아했기에 같은 음악에 같은 춤을 추더라도 좀 더 음악과 잘 어울리고 띌 수 있는, 그리고 쉬운 춤을 춰서 많은 사람에게 관심을 받았다. 그런 무대를 자주 보여 줬기에 지금의 안무가란 직업을 가질 수 있게 된 것 같아. 지금도 가끔 신인가수를 제작하는 제작자나 신곡을 발표하는 가수들이 아빠에게 음악을 들고 와서 "이런 음악에는 어떤 의상과 춤을 보여 줘야 반응이 올까?"라고 조언을 구하는데, 그럴 때마다 그 노래에 맞춰 클럽에서 춤추는, 무대 위에서 춤추는 나의 상상 속의 춤을 떠올려 본다. 그 상상 속의 춤을 실제 거울을 보면서 춰보고 다듬지 못하는 내 현실이 답답하지만, 그래도 휠체어를 타고 연습실을 휘저으며 댄서들에게 "아니야. 이렇게 해봐. 맞아. 그 동작을 다시 저렇게 해봐."라며 소리칠 때마다 아빠는 너무 신이 난다.

회식 때 가끔 동료들과 노래방에 가서 신 나는 노래에 맞춰 춤도 추며 분위기를 띄우고 싶은데 자신이 없다는 사람들을 많이 보게 된다. 그들에겐 "그냥 음악에 맞춰 대충 추면 돼."라고 조언을 하지만, 사실 춤도 학습이 필요하단다. 쉽게 설명하면, "하나, 둘" 하면서 두 동작만 외워서 반복해도 되고, 아니면 네 동작을 외워서 추는 "하나, 둘, 셋, 넷" 춤도 있다. 어차피 둘 다 쉬운 춤인 엉거주춤이지만, 춤 잘 추는 댄서들도 이런 자리에서 여러 동작으로 화려한 춤을 추는 게 아니라, 거의 4~5

가지 동작만 반복할 뿐이다.

물론 너는 엄마 아빠를 닮았을 테니 춤에 소질이 있겠지만, 혹시나 하는 마음에 춤 잘 추는 노하우를 하나 전수해 주마. 집에서 유행하는 가수들의 영상을 보면서 3~4 동작만 외워서 그 동작을 속으로 "하나, 둘 또는 하나, 둘, 셋, 넷" 구령을 붙여가며 반복해서 자신 있게 춘다면, "어라? 춤 잘 추는데?"라는 칭찬을 받게 될 것이다.

어때, 쉽지?

선물이에게 바라는
사소한 것들

©루브르네프studio(홍혜전)

宣:SUN:SON

선물아.

엄마는 선물이를 가졌을 때 토끼 꿈을 꾸었어. 흰 작은 애완용 같은 토끼가 너무 예뻐서 엄마가 손으로 만지려고 하니까 토끼가 엄마 손가락을 꽉 깨물고 떨어지지 않는 꿈이었단다. 그 꿈은 짧았지만, 너무나 생생했어. 꿈에서 깨자마자 토끼 꿈을 검색했더니, 태몽이라는 거야. 토끼는 어질고, 지혜롭고 순한 동물이라서 그 꿈처럼 엄마는 선물이가 온유하고 지혜롭고 순한 아이로 자라나길 바란다고 기도했어.

이 세상은 남보다 잘 되기 위해서라면, 또 내 이익을 위해서라면 남을 해하면서까지도 어떻게든 1등이 되려고 쟁취하려는 사람들의 욕심으로 가득하다고 말해. 물론 다 그렇지는 않겠지만……. 그리고 그렇게 살아야 성공할 수 있다고들 하지. 하지만 엄마는 선물이가 욕심과 경쟁을 펼치기보다는 남을 도와주고, 위로해 주고, 공감해 주며, 이기적이 아닌 이타적인 삶으로 빛의 역할을 하는 사람이 되었으면 해. 물론 그렇게 살아가려면 남보다 뒤처질 때도 있고, 억울한 상황에 처할 때도 분명히 있을 거야, 외롭기도 할 테고. 하지만 그럴 땐 엄마 아빠를 생각해 주렴. 엄마가 많이 부족하겠지만 선물이가 외롭지 않게, 힘들지 않게, 최선을 다해 도와줄게. 욕심 때문에 다른 사람을 힘들게 하기보다는 선물이가 조금 외롭더라도, 조금 손해를 보더라도 다른 사람 마음에 상처 주는 일은 없었으면 해.

엄마가 싫어하는 성격 중 하나는 우유부단한 거야. 엄마도 우유부단할 때가 있긴 하지만, 고치려고 노력하고 있단다. 특히 남자라면 가져서는 안 될 성격인 것 같아. 그래서 엄마는 선물이가 지혜롭고 온유하지만, 필요할 땐 고집도 부리고 사리판단도 분명히 할 수 있는 지혜로운 사람이 되었으면 좋겠어. 엄마가 아빠를 사랑하고 좋아하는 이유 중 하나도 우유부단하지 않아서란다. 때론 너무나 남자다운 성격이라서 격하게 밀고 나가는 거침없는 행동 때문에 난처할 때도 있지만, 그래서 엄마는 우리 선물이가 아빠 반, 엄마 반을 섞어 놓은 성격이었으면 좋겠어.

지금 엄마가 선물이의 연애까지 생각한다면 너무 오버일까? 아마도 지금은 아니라고 할지라도, 네가 누군가를 만난다면 엄마도 욕심이 생길 것 같다. 지금 생각 같아서는 선물이가 누군가를 사랑할 때 뜨겁게 사랑하고, 뜨겁게 이별하고, 치열하게 싸워가며 많은 성장통을 겪었으면 좋겠어. 물론 그때마다 고통은 따르겠지만, 그러면서 배우고, 그러면서 깨닫고, 그러면서 진짜 어른이 되어갈 거라고 생각해. 멋진 사랑을 하는 우리 선물이를 상상해 보는 것만으로도 엄마는 행복하네. 선물이가 아빠를 닮는다면 한 사람만을 사랑하는 순정파가 되지 않을까 싶기도 하다.

좋아하는 사람뿐 아니라 하는 일도 선물이가 제일 좋아하고, 보람을 느낄 수 있는 일을 할 수 있으면 좋겠어. 좋아하는 일을 하면서 살 수 있는 행복, 아빠 엄마는 그런 행복을 경험해 봤기에 선물이에게도 그런 행복을 알게 해 주고 싶다. 지금 생각하는 이 모든 것들이 선물이에게 현실로 이루어지기를 엄마는 오늘도 기도해.

©루브르네프studio(홍혜진)

아빠의  편지

나를 웃게 하는 사람

宣:SUN:SON

선물아.

아빠는 매일 매시간 엄마가 있어서 정말 다행이라 생각한다. 날 보고 웃어 주고, 춤춰 주고, 가끔 엉뚱한 말을 할 때 행복하다고 느낀다. 아빠는 살면서 이 세상에 그 누구한테도, 그 어떤 사물에도 귀엽단 말을 한 번도 해 본 적이 없었는데, 엄마를 알고부터 귀엽다는 말이 어떤 뜻인지 알게 되었다. 사실 엄마에게도 귀엽다고 말로 표현한 적은 한 번도 없어.

선물아. 엄마는 어린이 같은 투명한 마음을 가지고 있어서 이 세상을 엉뚱하게 해석하는 게 진짜 귀엽단다. 어릴 적 동물원에서 봤던 코끼리가 자길 보고 크게 웃는다고 말했을 때, 반짝이는 보석을 보면 놀라서 눈 가까이에 대고 볼 때, 개나 고양이들도 다들 언어가 있다면서 똘똘이가 지금 하는 말을 직접 해 주고, 선물이가 뱃속에서 하는 말도 해석해 주고, 가끔 신 나서 이상한 춤을 출 때면 어떻게 저런 동작과 생각을 할까, 신기하기도 하고 놀랍기도 하단다. 그리고 엄마의 그런 모습을 볼 때마다 아빠는 자꾸 웃게 되고, 송이랑 함께 있다는 자체가 행복하다고 느낀다.

엄마는 예나 지금이나 뭐든지 혼자서는 선택을 잘 못한다. 선택을 못한다는 게 어떤 이야기냐 하면, 중국음식점에 가도 짜장면을 먹을지 짬뽕을 먹을지 선택을 자기 마음대로 하지 못하는 거야. 어려서부터 송이의 엄마, 그러니까 선물이 할머니께서 골라 주시던 게 버릇이 돼서 그런지 누군가가 골라 주지 않으면 자기 스스로는 선택을 잘 못한단다. 그래서 아빠와 함께 있는데 뭘 선택해야 할 땐 항상 아빠가 골라 줘야 했고, 그렇게 해 주다 보니 대부분 내 의견에 맞춰서 선택을 하거나 움직이게 되었다.

처음에 엄마와 만날 때도 만나기 전에 어디서 뭘 어떻게 할 건지도 아빠가 전부 계획을 세워서 움직이곤 했지. 엄마가 선택을 하고 나올 땐 옷을 입어도 바지는 예쁜데 신발이 안 어울리는 경우가 가끔 있었고, 미용실에서 예쁘게 머리를 하고도 어울리지 않는 옷을 입고 데이트할 때도 많았다. 그러다 보니 나오기 전에 내가 어떤 옷을 입고 나와라 하고 전화를 해 준 적도 몇 번 있었던 것 같아. 그렇게 습관이 되다 보니 그 후 외국에 공연 갔다 올 때도 엄마 선물을 사올 때, 티셔츠 하나만 사 주면 또 바지는, 신발은? 선택을 잘 못할 것 같아서 머리부터 발끝까지 아빠가 골라서 선물을 하게 되었단다. 남들이 볼 땐 로맨스처럼 보일지도 모르지만, 조금 힘든 부분도 있었어. 아니, 힘들면서도 좋긴 좋았지.

어때, 선물아. 아빠가 그래도 보기보다 자상하지?

✿ 10년 후에는

선물아.

아빠는 선물이가 태어나면 같이 해 보고 싶은 것들이 정말 많다. 아빠와 엄마가 함께 했던 추억이 있는 곳에 너와 같이 가보고 싶구나. 아빠가 태어난 곳, 다녔던 학교, 주인아저씨 몰래 껌을 훔쳤던 우리 집 앞구멍가게도 함께 가보고 싶은 곳이다.

얼마 전에 엄마가 다녔던 고등학교에 차를 몰고 들어갔었다. 그곳에서 엄마는 싸움 잘하는 하키부 애들이 자기한테 어쩌고저쩌고 했다는 둥, 학교 땡땡이 칠 땐 담을 넘어 어쩌고저쩌고, 버스정류장까지 걸어가서는 또 어쩌고 등등 말이 참 많더라. 그 모습을 보면서 아빠는 무뚝뚝하지만 이다음에 너는 그런 엄마 말에 맞장구를 쳐 주는 다정한 사람이었으면 좋겠다는 생각을 했다. 너에게 나의 어린 시절을 그리고 엄마의 어린 시절을 이야기하면서 지나간 추억을 함께 나눌 수 있는 시간이 곧 오겠지?

할아버지도 좋아했고, 나도 좋아하는 사진 찍기도 너와 함께 꼭 해 보고 싶다. 내가 사진 찍는 걸 좋아하니 너와 함께 사진 여행을 다니는 것도 좋겠다. 여행 장소는 네가 태어나기 전 아빠랑 엄마가 함께 갔던 장소에 가는 거야. 그러려면 여러 군데가 되겠구나. 가까운 곳은 엄마와의 첫사랑 추억이 있는 여의도나 이태원도 좋고, 지방으론 강릉, 대구,

" 평소 우뚝뚝한 아빠도 항상 웃는 엄마 앞에선 장난꾸러기가 된단다. "

부산 등 또 해외로는 괌이나 하와이 같은 곳에서 그때 찍어놨던 사진을 가지고 다니면서 그 사진과 같은 포즈로 나도 찍고, 너도 찍고 하면 좋을 것 같다. 너에게 작은 디지털카메라를 중고로 하나 사줄 테니 그걸 들고 다니면서 많이 찍어 줬으면 좋겠다.

또 여행지 가면 맛집도 많으니 맛집 찾아다닐 때 선물이가 휠체어를 밀어 주면서 같이 다닌다면 얼마나 좋을까? 아빠에게도 엄마에게도 선물이는 분명 든든한 존재이자 기쁨일 것 같다.

아빠는 가끔 우리 세 식구가 함께 하는 10년 후는 과연 어떨까 상상해 본다. 엄마와 요새도 자주 하는 말인데, 우선 엄마 아빠는 네가 하고 싶어 하는 걸 시킬 거야. 공부가 하기 싫으면 안 해도 된다. 대신 네가 어떤 걸 좋아하는지 말해 줬으면 좋겠고, 우리는 네가 좋아하는 것을 더 잘할 수 있도록 많은 도움을 주고 싶다. 세상에서 제일 좋은 아버지가 되겠다는 약속은 하지 않겠다. 다만, 세상 모든 부모들이, 세상 모든 아버지들이 그랬던 것처럼 네가 자라는 모습을 지켜봐 주고 도움이 필요할 때 손을 잡아 주고, 기대고 싶을 때 언덕이 될 수 있는 그런 아버지가 되어 주겠다고 약속한다.

사랑한다, 아들아.

에필로그 1 □□□

아기 낳기 전날,
그러니까 우리 아기가 마지막으로
엄마 뱃속에 있던 날.
요즘 SNS에서 유행한다는 포즈로
마지막 만삭 셀카를 찍었다.

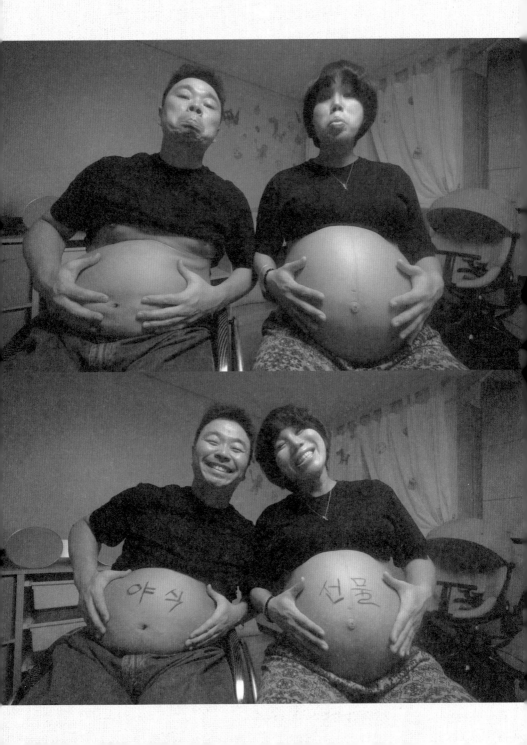

에필로그 2 □□□

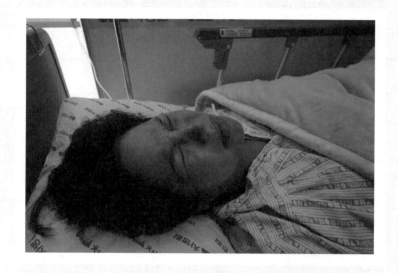

아내가 노산(42세)이고, 허리디스크에 피치 못할 사정까지
겹치는 바람에 예정보다 날짜를 약 15일 앞당겨서 제왕절개
수술을 해야 했다. 수술 당일 날 취재진들 앞에서 "전신마취
하니까 별로 안 아플 거야."라며 씩씩해하던 아내였다. 하지
만 수술을 마치고 마취가 금방 풀렸는지 아내는 많이 아파
했다.

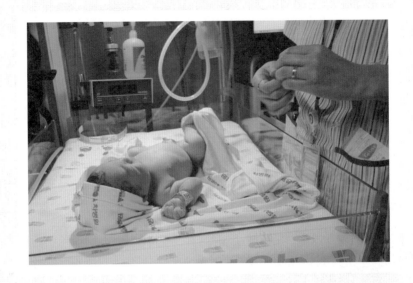

그러나 갓 태어난 아기를 보더니 아내는
금세 웃음을 되찾았다.

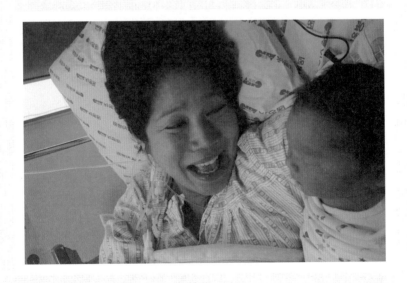

에필로그 3 - □□□

아기는 신생아실에서 간호사들의 보호 아래 며칠을 보내고, 아내도 병원에서 며칠 더 안정을 취한 후에 퇴원하기로 했다. 가끔씩 아내가 힘들게 일어나 화장실을 갈 때 내가 업어 주지는 못할지언정 손이라도 부축해 주고 싶은데, 그럴 힘이 없다는 게 많이 안타깝다. 그럴 때마다 힘들게 아이를 낳아 준 아내, 송이에게 미안한 마음이 든다.

"내 사랑 송이야.
우리에게 이제 정말 선물이(태명)와 함께 만들어가야 할 새로운 삶이 시작된 것 같다. 앞으로 아기 잘 키우자. 우리 둘이 태교여행을 갔을 때 바다에서 해 뜨는 걸 보면서 약속한 것처럼, 잘난 척하며 나서기보단 겸손하며 많은 걸 베풀 줄 아는 사람으로.

선물이 낳아 줘서 고맙고, 항상 미안하다.
그리고 송이야, 진심으로 사랑한다."

©아티카studio

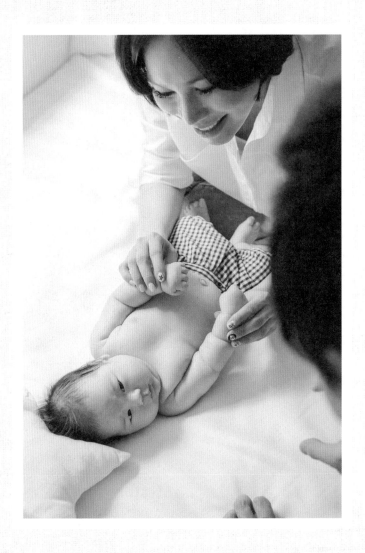

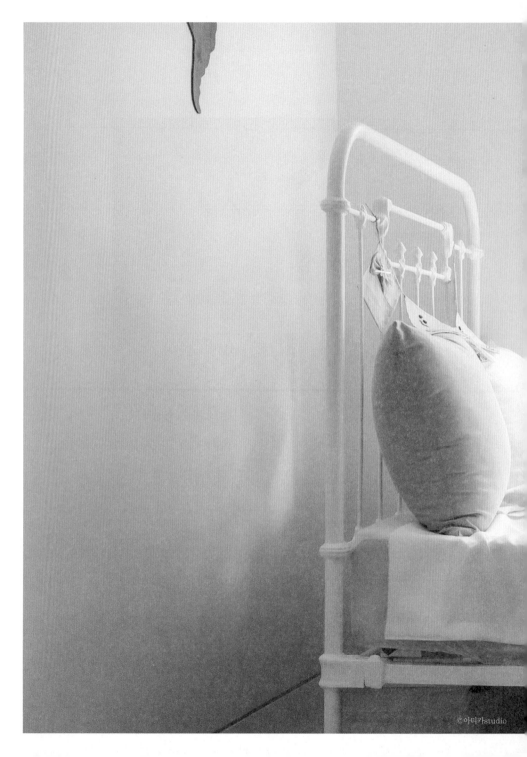

우리 사랑 선이

1판 1쇄 찍음   2014년 9월 19일
1판 1쇄 펴냄   2014년 9월 25일

지은이   강원래, 김송
펴낸이   김한준
펴낸곳   엘컴퍼니
책임편집   나혜영, 이정아
사진   강원래, 루브르네프, 폴, 아티카, 마로, 땡큐, 안성진
디자인   박수연, 황민정
주소   서울시 강남구 논현동 31-10
전화   02-549-2376
팩스   02-541-2377
출판등록   2007년 3월 18일(제2007-000071호)

* 값은 뒤표지에 있습니다.
ISBN 979-11-85408-03-3 03810
* 잘못 만들어진 책은 바꾸어 드립니다.

「이 도서의 국립중앙도서관 출판시도서목록(CIP)은 서지정보유통지원시스템 홈페이지
(http://seoji.nl.go.kr)와 국가자료공동목록시스템(http://www.nl.go.kr/kolisnet)에서
이용하실 수 있습니다.(CIP제어번호: CIP2014026256)」